君と僕との世界再変《リ・ガーデン》

音無白野

JN210486

角川スニーカー文庫

21017

口絵・本文イラスト／深井涼介
口絵・本文デザイン／柊椋（I.S.W DESIGNING）

森の中をさまよい、器用さもなく、言語もなく、住居もなく、戦争も同盟もなく……技術は発明者とともに滅《ほろ》びるのがつねであった。教育も進歩もなかった。世代はいたずらに重なっていった。そして各々《おのおの》の世代は常に同じ点から出発するので、幾《いく》世紀もが初期のまったく粗野《そや》な状態のうちに経過した。種はすでに老いているのに、人間はいつまでも子供のままであった。

ジャン＝ジャック・ルソー『人間不平等起源論』
（本田喜代治、平岡昇共訳、岩波文庫）

プロローグ

人間性 Humanity

< Prolog / 2184 / sl11 / 1111 / 1xxx / xxxx / xxxx / xxxx / xxxx / xxx >

人間の評価は数値と切り離《はな》せない。

たとえば年齢《ねんれい》。

誰《だれ》もが生まれて365日経《た》てば1年歳《とし》をとる。

とても平等でわかりやすくて客観的。

だから、人間的な価値観では、若いということが、それだけで輝《かがや》かしく見える。最年少で何かを成し遂《と》げられればみんなが注目してくれる。それは年齢という誰もが与《あた》えられた時間の中で、功績を残せたってことだから。自分の年齢時と比べて、その凄《すご》さが直《じか》にわかる。

だからこそ、最年少 ＞ 最年長の不等式が成り立つと僕は考える。僕たちは歳をとることはあっても、歳を下ることはない。人間は過去ばかりを根に持つ。すべてのコンプレックスは、いつだって過去からの記憶《きおく》に引っ張られる。

よって、人間は若ければ若いほど価値が高いのではないだろうか。

もし、命を天秤《てんびん》にかけるときがあったとすると、少なくとも僕の場合はそんな不等式が成り立つ。

閑話休題《かんわきゅうだい》。
僕がこんな青くさいことを考えるのは、最近になるまで――
僕は恥《は》ずかしくも15歳にもなって初めて、人が不平等だということを知った。
圧倒的《あっとう》な理不尽《りふじん》を、この庭国《ていこく》で僕は見た。
人間の価値が、可視化された世界で。
トロッコ問題という思考実験を知っているだろうか。

<dictionary>
<word>【トロッコ問題】</word>
<description> 線路を走っていたトロッコの制御《せいぎょ》が不能になった。このままでは前方で作業中だった五人が猛《もう》スピードのトロッコに避《よ》ける間もなく轢《ひ》き殺されてしまう。
あなたは、この時たまたま線路の分岐《ぶんき》器のすぐ側《そば》にいた。あなたがトロッコの進路を切り替《か》えれば五人は確実に助かる。

しかし、その別路線でも別の人間が一人作業しており、分岐器を動かせば五人の代わりにその一人がトロッコに轢かれて確実に死ぬ。あなたはトロッコを別路線に引き込むべきか？ </description>

</dictionary>

この問題の目的は、『五人を助ける為《ため》に他《ほか》の一人を殺してもよいか』と言う問いかけだ。

もし、あなたが功利主義に基《もと》づくなら一人を犠牲《ぎせい》にして五人を助けるべきである。

だが、もしあなたが、義務論に従うのならば、誰かを他の目的のために利用すべきではなく、なにもするべきではない。

この問題の答えは個人による。

ただ、２１８４年では、それらしい答えが出たらしかった。

人間の価値が可視化された世界では。

僕は、その回答を目の前で見た。

一人を救うか。

五人を救うか。

答えはどちらも不正解だった。

目の前には、二台の自動運転車が走っていた。

一台には少女が二人乗っていた。まだ二人とも14歳くらいだろう。車の中で楽しそうにおしゃべりしている。

僕の視界が少女達のとある数値を映し出す。

<humanity>

――6022

――1401

<humanity/>

ヒューマンネイチャー、ヒューマニティ――人間性――通称《つうしょう》、拡散回路と呼ばれるそれは、人間の価値を数値化したものだ。残酷《ざんこく》なまでの人工頭脳学《サイバネティクス》による、ありがたい人工知能《サイファレンス》様のお言葉。その数字は尤度《ゆうど》のある確かな数字らしかった。

庭国では12歳で教育機関を卒業する。卒業したばかりでは低い傾向《けいこう》にある。自動運転でどこかのポータルに向かっていたのだろう。

少女達が乗っているもう一台向こう側の車には男が乗っていた。特徴《とくちょう》はあまり覚えていないが二十代か三十代くらいだと思う。拡散回路もそれなりにあった。

<humanity>

―― 25700

<humanity/>

男は自動運転が主流の時代にもかかわらず自分で運転していた。あまり褒《ほ》められた行為《こうい》ではないが、人間も自分で運転できる。ドライブも趣味《しゅみ》、娯楽《ごらく》として人間から奪《うば》われていない。人間が唯一《ゆいいつ》、機械にまさっている『決定する権利』を使えば自分でも運転できる。

男は急いでいた。なにか特別な事情があったのだろう。明らかにスピードを出しすぎていた。男の車の進行上に少女達を乗せた車があった。このままではぶつかる。男は遅《おく》れてそのことに気がついた。だが急には止まれない。いくら時代が進んでも、力学的エネルギー保存の法則は平等に働く。車は止まってはくれなかった。

車と車が、ぶつかりそうになった――そのときだった。

少女達の乗っていた車が脇道にクラッシュした。

僕はなにが起こったのか一瞬《いっしゅん》わからなかった。

せわしなく走っていた男の車ではなく、少女達が乗っていた自動運転車があらぬ方向に走り、大破したのだ。事故現場はひどい有様だった。だが、渋滞《じゅうたい》は起こらない。誰も気にしない。廃車《はいしゃ》となった車を、器用に自動運転車たちは避けていく。

男は混乱していた。だが、少女達が死んだことに対してではない。男の拡散回路がごっそりと減っていた。

<humanity>
——18277
<humanity/>

僕はやっと目の前でなにが起こったのかを理解した。

簡単なことだった。サイファレンスが男と少女二人を天秤に掛《か》けたのだ。

拡散回路の低い人間より高い人間を生かした。自動運転していた少女達の車をクラッシュさせたのだと。明らかに過失があったのは男のほうだ。まだ何者にもなれたはずの二人の少女が理不尽に絶命した。ちょうど少女達が持っていた拡散回路二人分が男から減っている。男は少女達の亡骸《なきがら》には目もくれず、自分の減った数値を見て舌打ちをした。

少女達の死因は事故死ではなく、男より拡散回路が低かった。

およそ人数、および性別、人種は関係なく、拡散回路の高い人間に重きが置かれる。

サイファレンスが示した数値で、不等号が決まる。

数値の低い人間には決定的に不平等で、数値の高い人間には決定的に平等だった。

ただそれだけのことなんだろう。

「どうして泣いているの？」

いつのまにか、隣《となり》にはレイがいた。レイはいつも忽然《こつぜん》と現れる。

「……わからないよ」

僕はそう答えた。

本当はわかっていたんだと思う。

目の前で起きた理不尽は、自分にはどうしようもないことなのに、なんとかしたいと、救いたいと、青くさいことを願ってしまったんだ。

「そっか」

なにも納得《なっとく》がいっていないだろうに、レイはそう答えた。

「でも、どんな理由があってもアオは泣いてちゃダメ。泣いてたら目に見えない数値が下がる気がするから」

レイは包み込むように僕の手を握《にぎ》った。

「庭国から仕事を与えられるのは特別な人間だけ。だからアオは強くなくちゃダメだよ」

――そうだね。と、僕はからからな声で返事した。

きっと、それからだろう。僕が自分の役割について深く考えるようになったのは。

僕は庭国から、とある役割を与えられた。

私掠官《しりゃくかん》。

この役割は、誰でもない僕にしかできない。

だから、少しずつでも、自分のできることをやっていこうと思ったんだ。

第1章
楽園 Utopia

< part : number = 01 / 2184 / 08 / 28 / 19 : 29 : 44 / 1680116297931 >

庭国のあちこちには、ヴァンダルシアの花が咲《さ》いている。

僕はこの花の見た目が嫌《きら》いだった。

見た目はユリのような白くて背の高い花だ。レイに感想を訊《き》くと「どう見たってきれいよ。センスないわね。だからアオはモテないのよ」と言われた。正直趣味が悪いと思う。あと口が悪いと思う。

客観的に見て、ヴァンダルシアはきれいなのかもしれないが僕は嫌いだった。なんというか見た目が高飛車な美人と言った感じで、上司に似ていて嫌いだった。つまり上司が嫌いだ。

この花が社会に必要なものでなければ、すぐにでも燃やしてやりたかった。庭国を担《にな》うフリーエネルギー。ただ咲いているだけで化学修飾《しゅうしょく》による電気エネルギーを作りだす。夢のような植物だ。花自体もうっすら光を放っている。この時代に欠かせないもの。だからこそ僕は燃やしてやりたいのかもしれない。

そんなことを考えていると、ストレスに反応したのか思考電子端末《たんまつ》ＡＤが反応を示す。視界に表示されるメンタルケアのウザい忠告、むしろこれがストレスの原因だとわからないのだろうか。庭国は病的なまで身体《からだ》と言うものを大事にしすぎている。抗酸化《こうさんか》物質も、万能細胞《ばんのうさいぼう》も、人工ホルモンも、テロメアもすでに完成しているのに身体に悪いものはだいたい駄目《だめ》。非常に禁欲的だ。

　庭国民は事実上の不老不死があっても健康に気遣《きづか》う。僕は身体を動かしたあとにコーラをガバガバ呑《の》むのが好きなのだが、ADに搭載《とうさい》されたサイファレンスはいい顔をしない。正直、バカなんじゃないかと僕は思う。試《ため》しにレイに訊いてみても、「医療《いりょう》が発達して寿《じゅ》命《みょう》が延びたからと言って身体を粗末《そまつ》に扱《あつか》っていいわけないわ。だからアオはモテないのよ」、僕がモテないのは枕詞《まくらことば》らしかった。

　モテないのは抜《ぬ》きにして、僕がおかしいのだろうか。死んだらおしまいなんだし、好きなものを食べればいいと思う。糖尿病《とうにょうびょう》など気にせず、僕はこの黒い液体を身体に染《し》みこませたいのだ。コーラはおいしいし、凝固《ぎょうこ》点降下によるメリットだってある。人間が砂糖をおいしいと感じるのはそういったメリットがあるからのはずだ。

　とりあえず視界に映った忠告を消した。アドブロックのコードを入れようか一瞬《いっしゅん》迷ったけど、入れてもあまり意味がないだろう。健康中毒のサイファレンスはあの手この手で僕を健康志向にしようとしてくるだろうから。

　大通りに出る。ここからは庭国の施設《しせつ》を経由するときに使わなければならないポータルへと続いている。

道行く人々とすれ違《ちが》う。さっきのウザい広告のように拡散回路が——目の前を通りすぎる人々の価値が表示されていく。頭の中に昏《くら》い思い出がよみがえる。あの日、殺された名前も知らない二人の少女を思い出す。

——こんなものがあるから。

考えを打ち消すように首を振《ふ》ってランニングを続ける。

自称《じしょう》、健康志向な僕は、身体を動かすと言う前時代的な方法でサイファレンスを黙《だま》らせている。庭国は夏でも涼《すず》しいから走るのは苦にならない。見た目ではあまりわからないが道が上げ底になっていて、下にケーブルや外部記憶《きおく》装置が入っている。それらを冷やすための、希釈冷凍機《きしゃくれいとうき》といった冷却《れいきゃく》プラントがあるからだそうだ。冬はめちゃくちゃ寒いのだが、やろうと思えばＡＤで体温調節もできるし快適だ。

ルームランナーならヴァンダルシアの花も他人の拡散回路も見なくて済むのだけど、やっぱり外で走る方がいい。庭国の建築は変わった物が多くて好きだった。これらすべての建物が物理法則の上で成り立っていると考えると不思議で仕方がない。建築は好きなのだけど、最近は緑化に力をいれているようで僕としては勘弁《かんべん》してほしかった。ぜんぜん緑じゃない白い。街中にもヴァンダルシアの花が増えてそれに併《あわ》せてとのことだろう。

僕は庭国が用意してくれた自宅に戻《もど》る。

〈転移〉を使わないと自宅には戻れない。

遠いだとか距離《きょり》的な問題ではなく単純に入り口がないからだ。建物には入り口がないのがポピュラーで物理的な遮断《しゃだん》による防犯になっている。泥棒《どろぼう》も入り口がなければ入れないというわけだ。窓はあるけれど、それが本当の外の景色とは限らない。

汗《あせ》を流すために僕はシャワールームのコードを入力して〈転移〉する。シャワールームにも入り口はない。と言うかシャワールームは自宅のものではない。だから浴びるには、自宅から出なければならないわけだ。僕が使っているシャワールームの機能は最低限で、温水と冷水を出すシャワーと排水口《はいすいこう》、換気扇《かんきせん》しかない。この部屋にいれば無料で使えるので、僕にはこれで十分だ。僕には余計でしかないオプションは、拡散回路の高い人間だけがやればいい。

シャワーを浴びて自宅に〈転移〉すると、人の気配がした。

部屋の中に誰《だれ》かがいる。入り口がない以上、壁《かべ》を突《つ》き破ってきたわんぱくな強盗《ごうとう》か、自宅の〈転移〉キーを教えている人間ということになる。

来訪者と目があった。

「食べる？」

……入ってきて第一声がそれか。

レイだった。レイは両手で大切そうになにかを持っている。

キーを教えているとは言え、思考で連絡《れんらく》を取れるのだから一言くらいは断ってほしいのだが。

「アオ無視しないで」

青い髪《かみ》の少女にアオと呼ばれる。一応、僕の名前だ。ややこしくて申し訳ないが、青い髪の少女の名前はレイと言う。幽霊《ゆうれい》みたいに神出鬼没《しんしゅつきぼつ》なやつとでも覚えておけばいい。僕はそう覚えている。

僕はレイが手に取ったものをまじまじと見る。鍋《なべ》だ。おいしそうな匂《にお》いがする。料理を作ってきたから食べろということだろう。レイはよくこうして料理を持ってくる。本人曰《いわ》く僕の健康を気遣っているらしいのだけど——

「……もし食べないと言ったら？」

僕は質問に質問で返す。

「食べないと死ぬわ」

「僕は至って健康だ」

「わたしが」

「……食べます」

どう言う理屈《りくつ》なのかは知らないが、目の前で死なれたら大変困るので、僕はＡＤに命じて机に皿を〈再生《regeneration》〉させる。〈転移〉の技術が確立されてからＩｏＴ《Internet of Things》が非常にはかどっている。やろうと思えば寝《ね》たきりで瞳《ひとみ》を閉じた状態でも難なく生活ができるだろう。

レイはとてとて、と皿が置かれた机に近づいて、皿を取ると手際《てぎわ》よく料理を分けていく。先に自分の対面の席に並べられた皿に分けたあと、自分の分もそうして椅子《いす》に座る。僕に対面に座って、それを食えと言うことだろう。僕は椅子を引いて座る。

「いただきます」

「うん」

今日のメニューは、『肉じゃが』らしかった。和食。非常に日本らしくていい。僕のほうで用意した白ご飯と一緒《いっしょ》にかきこむ。

「おいしい？」

レイは、すかさず感想を求めてくる。

「おいしい」

僕はすかさずそう言う。おいしいものはおいしい。そう言うしかない。

「そっか」

短い感想でもレイは特に文句は言わない。基本的に無表情を貫《つらぬ》いているので、満足しているかは知らない。代わりにいつも足をふらふらさせている。おそらく機嫌《きげん》がいいからだ。ときどき足の指が僕のすねに当たる。向こうに悪気がないのをしっているので僕は特ににも言わない。一度、なんとなく冗談《じょうだん》のつもりで、レイのふらふらした足を、足で白刃《しらは》取りしたことがあるのだけど、びっくりさせてしまったようでそのまま足を蹴《け》り上げられ股間《こかん》を強打する地獄《じごく》を見た。もう絶対しない。

――ガリッ!

「!?」

食事中、僕は椅子の上で飛び跳《は》ねた。

口にある謎《なぞ》の異物感が伝わってきたからだ。舌先に出してみると、謎の白い固形物がそこにあった。

「……なんだこれ、砂糖?」

でも甘くない。しょっぱくもないので塩でもない。

「薬味よ」

「だから、なんなのこれ」

「抗酸化物質」

「…………」

ペッ！　と僕は使い捨てお手拭《てふ》きに吐《は》き出す。

「ああっ！　なんてことをっ！　もったいないわ！」

「肉じゃがに抗酸化物質を入れるな！」

レイは不満そうにしている。抗酸化物質がなんなのかあんまりわかっていないが、肉じゃがに入れて良いものではないのは確かだろう。

「いま肉じゃがに抗酸化物質を入れるのがアツいのよ」

「そんなものが流行《はや》ってたまるか」

「健康にいいのに……食べないならアオは死ぬわ。明日《あした》死ぬ。即死《そくし》」

「縁起《えんぎ》でもないな……変な冗談やめてよ」

一日健康に気をつかわなかっただけで死ぬならもう長くないだろうに、と僕は思う。

「抗酸化物質がないと活性酵素《フリーラジカル》を防げないわ。活性酵素《フリーラジカル》は細胞が活動するだけで出てくる毒みたいなもので、細胞を破壊《はかい》したり万病の元になったりする。抗酸化物質が含《ふく》まれる食べ物は少なくないけどサプリで取るのが確実」

「……抗酸化《こうさんか》物質が身体《からだ》に必要なのはわかったけど、別に料理と一緒にする必要なくない？　肉じゃがとサプリで別でいいと思うんだけど」

ガリッ！　って異物感がすごかったぞ。

「わかってないわね。だからアオはモテない。そんなこと言い出したら、料理も意味がないわ。一緒にして食べることに文句があるなら、肉じゃがではなく、肉とジャガイモだけで、もりもりと食べてなさい」

「それは絶対屁理屈《へりくつ》だ！」

戦時中かよ。

とは言ったものの。怖《こわ》くなったので、あとでサプリを呑んでおこうと思った。なんやかんやいいながらも、僕も庭国の価値観に毒されているのだろう。

「あいかわらず殺風景な部屋ね」

レイは気にくわないのか、しまいには僕の部屋に文句をつける。今日は機嫌がいいと思ったのだが、鑑定《かんてい》を誤ったらしい。

「殺風景でも別に困らないからね」

「花でもおいてみれば」

「世話が手間だよ」

「ドローンに任せればいいよ。それかヴァンダルシアなら枯《か》れない」

「ヴァンダルシアは、アーシュラさ……上司に似てるし……」

「……上司？」

レイは小首をかしげる。

「……ああ、ごめん。こっちの話。でもなにもない部屋にぽつんと置いてもあれじゃないかな」

死んだ生徒の机に花を置いてるアレみたいになりそうだ。

「不釣《ふつ》り合いだからこそいい。普通《ふつう》ならそこになさそうな物があると目立つ。目立つのは悪いことじゃない」

本当にそうだろうか。

「少なくとも庭国での話だけどね。アオはセンスなくてモテないからわからないかもしれないけど」

「センスがないのとモテないのは関係ない」

「でもね。これって別に罵倒《ばとう》してるわけじゃないのよ」

無視される……ほんとうかよ。

「庭国では拡散回路っていう数値があって、それを基準にみんなが指標を決めているかもしれない。だけど、アオが見て思ったことは、それはそれでいいんだよ。周りがどう反応しようともね。みんな頭の中に独自のスクリーンを持って、自分だけの現実を投影《とうえい》している。それを信じればいいの。だから、わたしは、アオがセンスなくても、庭国でモテなくても、嫌《きら》いじゃないの。むしろ好きよ。大好き」

「はいはい」

雑に好意を見せられたので、僕は雑に返した。レイは不満そうに口をとがらせているけど、僕をからかっているだけだろう。

「ごちそうさま」

「うん」

鍋のなかがすっかり空になる。4分の3くらい僕が食べた気がする。レイは小食だ。

「また作ってくるね」

軽くなった鍋をADのパーソナルスペースにしまわずレイは手に持つ。

「ありがとう。でも、毎日持ってきてくれるのはありがたいんだけど……あまり気をつかわなくていいよ。大変でしょ」

気持ちはありがたいのだが、僕は一応言っておく。

「サイファレンスじゃおいしいご飯は作れても、健康まで気遣ってくれないから」

僕が料理をサイファレンスに任せきりだと言いたいらしい。

「別に頼《たの》めばしてくれる」

「アオは偏食《へんしょく》。頼まない」

「……………」

「アオはもっと身体を大事にしたほうがいい」

短い間にずいぶんと親しくなってしまったもんだ。

これで飯がまずかったらものすごく迷惑《めいわく》なのだけど、存外おいしいのでなにも言えない。変なサプリメントを呑《の》ませようとしてくるけど。

「それに……」

レイはスプーンを食器の上に置く。

「アオは作っていないのだから、わたしが大変かどうかなんてわからない」

「いや……まあそうだけどさ。なんとなく大変だなって想像つくよ。手間だから機械に任せているわけだし」

「そういう意味じゃないわ。アオは失念している。わたしが料理を持ってきたからと言ってわたしが作ったものだと思い込んでいる。もしかすると、オートメーション機能で作ったあとにわたしがここに持ってきているのかもしれない」

無表情のままたんたんと事務処理をするようにレイは言う。

「……え？　ほんとうに？」

「もしかして……女の子の手料理食べられてラッキーとか思ってた？　バカじゃない？」

「思っていたかもしれない！」

正直に僕はそう言う。普通になんだかショックだった。

「冗談」

今日初めてレイは笑う。

「わたしが作ったわ」

レイの冗談はわかりにくい。

「……さっきのやりとりはなんだったんだ」

「アオが先にからかったから」

質問を質問で返したことを言っているらしい。食べないと死ぬと言い返されて勝手に清算されたものと思っていたのだけど、レイは意外と根に持つらしかった。

「……そっか」

僕は食器を片づけると、ＡＤをフル画面にして、仕事の備品をチェックする。

「これからお仕事？」

「うん。ポータルまでは歩いていく」

「……そのままいなくなったりしない？」

ふいにレイはそんなことを言う。僕はいつものか、と思う。

「アオの拡散回路は、いつみてもヘン。だから、心配になるわ」

「いつも言ってるけどこれが僕のデフォルトだから」

この数値こそが、僕が庭国で生きる意味でもある。

私掠官《しりゃくかん》、その仕事に僕は向かう。

◆　◆　◆

私掠官という名前は少々僕には重たいような気がする。

意味合い的には、なんの問題もないのだろうけれど、僕が知っている『私掠』という言葉には、少し野蛮《やばん》と言うかそんなイメージがある。

古くに私掠船という言葉があって『正規の艦隊《かんたい》には属さないが、国家の認可・命令・監《かん》督《とく》下に海軍旗を掲《かか》げ、他国の商船捕獲《ほかく》や時に軍艦襲撃《しゅうげき》を行う武装船』と言う意味だ。

僕はそれの人間版と言うことになる。そう言えばわかりやすいだろうか。

人類はサイファレンスに仕事を奪《うば》われてしまった。シンギュラリティ。いまや人工知能のマネジメントも人工知能がするし、人工知能を使いすぎて依存症《いぞんしょう》になった人間は、そのことを人工知能のカウンセリングに相談する。人工知能もそれに応《こた》えてフロイトの精神《せいしん》分析《ぶんせき》よろしくな対応をする。

だけど、意外なことに仕事をなくしても人類は衰退《すいたい》しなかった。

拡散回路。

人間の価値を数値化。絶対的な数値によるカースト。案外、人間は活動しているらしかった。家畜《かちく》のように、なにもしなくても生活が保障されているのだから基本的にはなにもしなくてもいい。そのはずなのだが、人間は暇《ひま》だと何かをやるらしい。暇をもてあまし思考実験だけでこの世のすべてを悟《さと》ってしまった古代ギリシアの哲学者《てつがくしゃ》のように、上げようと躍起《やっき》の人間がなにかしらの自己鍛錬《たんれん》をしている。拡散回路を保つのではなく、ほとんどになっている。誰《だれ》にも命じられていないのに、それが人間としての生きる意味であるかのように。サイファレンスに指針を明示されるようになって個を失いつつある庭国民にとって、この数値こそがアイデンティティなのかもしれない。

もちろん、それだけが上げる理由ではないと思うのだけど。

たとえば――

あの日、サイファレンスの天秤《てんびん》に掛《か》けられた二人の少女を思い出す。

自衛だろうか。

『おつかれ』

ぼうっとしていると上司から連絡《れんらく》がきた。

来たな！　と、僕は頰《ほお》を張って気合いを入れ直す。

アーシュラさんの前では油断できない。

『……なにをしている』

くだらないことを考えていると、アーシュラさんは僕の顔を見てあからさまに心配する。

そう言えばビデオ通話なのだった。

「あはは……なんでもない……です」

自分の頰を張ったことも見られていたのかと考えると、恥《は》ずかしくて赤面してしまう。

アホなことを考えている場合ではない。視界には少し怪訝《けげん》そうに眉《まゆ》を上げた美人がこっちを見ている。

<humanity>
――1171572

<humanity/>

桁違《けたちが》いな数値。庭国でもトップクラスの拡散回路。やはり顔が美人だと拡散回路は高いのだろうか。なんてことを最近思う。

アーシュラさん――上司はこの地域――第四庭園の管理者だ。管理者とは偉《えら》そうな役職だが、責任を問われるのだけが仕事のようなものだ。基本的にはサイファレンスがやってくれている。人工知能が発達しエラーをなくそうとした結果とも言えるし、すごく悪い言い方をすれば人工知能の傀儡《かいらい》になったとも言える。

だけど、庭国では管理者は重要な立場だ。誰でもなれるものではないから仕事をしていると言うだけで敬われる。僕の感覚では変だと思うけど、みんな仕事がしたいらしい。働くことで得られる特権がほしいのだろうか。

『あはは、じゃないだろう』

「す、すみません。気が抜《ぬ》けてました」

気を入れるために頬を張ったのだが意味がなかった。また苦笑いしてやり過ごした。

『……どうせ、惚《ほう》けていたのだろう』

「はい？」

僕は思わずキョトンとしてしまう。

『知っているぞ！　たしかレイと言ったなあ！』

かぁっ！　とビデオ通話越《ご》しに飛びかかってきそうな勢いで言われる。

「れ、レイがなんですか」

『ほぼ毎日家に来ているらしいじゃないか！　いっちゃいちゃ、いっちゃいちゃしよって……』

ヤバい。なぜかアーシュラさんはブチギレだ。圧がすごい。自分に非がないのに思わず謝ってしまいそうになる。

「レイとは、ただご飯を一緒《いっしょ》に食べる仲ですよ」

『飯とはデートではないか。やはり惚けているっ！』

アーシュラさんはキレる。ちなみに庭国に酒はないから酔《よ》ってはいない。ただブチギレている。

「……別に僕が誰とご飯食べようがどうでもいいでしょう」

『妬《ねた》ましいだろ！』

「すげえ正直ですね！」

ずっこけそうになる。どうせなら難癖《なんくせ》つけてほしかった。

『……だってわたしすごいがんばってるよ？　庭園の管理者ってサイファレンスがほとんどやってくれると思ってたのに……すごく大変なんだよ？　なのに部下がモテモテで……わたしにももっとご褒美《ほうび》があってもいいと思わない？』

「知らねえよ！　部下にそんなこと言わないでください！　上司としてのプライドはないのか！」

『上司に向かってその口の利《き》き方はなんだ！　お前はわたしのことを理想だけ高い腐《くさ》れ年増売れ残り女と言いたいらしいな。……やめろよ。ちょっと泣きそうになるだろ』

「……そこまで言ってないですから……泣かないでください」

僕はビデオ通話越しにどーどーと怒《いか》りを静める。

……なんとめんどくさいのだろう。だから、僕はアーシュラさんが苦手だ。

この話題はあまりよくないな。アーシュラさんはへこんでいるけど、単純に高嶺《たかね》の花なだけだと、僕は思った。こう見えてアーシュラさんは、非常に家庭的でお裁縫《さいほう》だって得意だ。ただ数値が高すぎる。普通《ふつう》の神経を持った男なら恐縮《きようしゆく》してしまうと思う。

『はぁ……世の中バカばっかりだ』

アーシュラさんは目に見えてへこんでいた。なんだかこっちが悪いことをした気分になるくらい沈《しず》んでいる。

どうしたものか。

「アーシュラさん！」

『なんだよ』

「僕で良ければ今度、食事に」

『殺すぞ』

「…………」

やっぱり、この人苦手だな、と僕は再認識《さいにんしき》した。

「アーシュラさん、それ脅迫罪《きょうはく》ですよ！　拡散回路下がっても知りませんよ！」

『うるさい！　お前は特例だろうが、バカ！　バ～カ！』

……子供か。

まったく。

なにが特例なんだか。……ただの人権侵害《しんがい》じゃないか。

僕はＡＤに表示された自分の拡散回路を見る。

<humanity>
――０

<humanity/>

表示バグでもエラーでもない。

——零《ぜろ》。

僕はこの社会において、人権を与《あた》えられていなかった。

◆　◆　◆

通常、拡散回路は全庭国民に与えられる。

通貨として、人権として、人間の価値として。

庭国は日用品といった生活に困らない物は用意してくれるが、それ以外の趣味《しゅみ》の範囲《はんい》は拡散回路の数値を使うことになる。個人同士の取り引きは禁止で管理はサイファレンスがしている。

犯罪行為《こうい》や、国が決めた条約に違反《いはん》すると一定の数値が拡散回路から引かれることになっている。

拡散回路にマイナスは存在し得ない作りになっており、私掠官の僕だけが零だ。僕は庭国民で唯一《ゆいいつ》、数値に縛《しば》られない。極端《きょくたん》な例になるが、上司の顔を思い出しむしゃくしゃして道ばたですれ違《ちが》った人を殴《なぐ》っても罰《ばっ》せられることはない。逆もまたしかりで殴られても殺されても文句が言えないのが難点だ。

それ以外にも細かいのがごちゃごちゃあるが、僕は覚えていない。どうせ、数値を持たない僕には関係がないのだから。

第2章 邂逅

Boy Meets Girl

< part : number = 02 / 2184 / 08 / 28 / 22 : 12 : 12 / 1680116297931 >

庭園の中にあるポータルを通る。

僕はポータルにいたアンドロイドに会釈《えしゃく》した。別にする必要はないのだけど、容姿はほぼほぼ人間なので、そうしてしまう。アンドロイドは笑顔《えがお》で挨拶《あいさつ》してくれる。

『報告はいつも通り、わたしではなくアーシュラさんのほうにお願いしますね』

「あっはい。わかりました」

『お気をつけていってらっしゃいませ』

笑顔とともに手を振《ふ》られて見送られる。普通に考えれば、こうして手を振っているだけでもすごいことなのだろう。よくできたアンドロイドだなと感心してしまう。

「さて……」

僕はポータルを出るまでに身体《からだ》を伸《の》ばして、気合いをいれた。

これから化け物と戦わなくてはならない。

◆　◆　◆

白い地獄《じごく》の上に、黒い天使がいる。

その日は、いつもより数が多かった。

翼《つばさ》が生えた化け物を見るのは、今日が初めてだった。

黒い爪甲《そうこう》が目の前を走る。

化け物の攻撃《こうげき》が僕の頬《ほお》をかすめて血液が白い地面に落ちた。

足下《あしもと》には無数のヴァンダルシアの花がある。

こんなものがそこらに繁茂《はんも》しているのだから動きづらいのだ。と、僕は心の中で毒づく。考えてもみてほしい、ヴァンダルシアの花はアーシュラさんに似ている。つまり僕にとってアーシュラさんがそこに生えているのと同義なのだ。こんなもの萎縮《いしゅく》して仕方がないだろう。地獄とは、そういうことだ。

顔から垂れてきた血を手で拭《ぬぐ》う。傷は浅いが、こんな攻撃をもらっているようではダメだ。ただでさえ、＜先見の明《Computational Foresight》＞コードのアシストありで僕たちは戦闘《せんとう》している。大方の攻撃予想が可能だ。にもかかわらず攻撃を受けてしまうのは、僕がまだ弱いからだ。

——こんなんじゃダメだ。もっと強くならないと。

僕はただ目の前にいる黒い化け物を切る。

それが私掠官《しりゃくかん》として与えられた僕の仕事だった。

庭国からは拳銃《けんじゅう》のコードも支給されているが、僕はあえて剣《けん》を使うようにしていた。私掠官は化け物だけを相手にするわけではない。ドローンじゃ止められない拡散回路の高い人間が暴れたとき止めるのは僕の仕事だ。

人に拳銃は使えない。いや使い物にならないと言ったほうが正しいか。〈空力加熱消滅《aero-thermal demise》〉が普及《ふきゅう》していて、肌《はだ》に届く前に弾丸《だんがん》を焼き切ってしまうからだ。対人戦は近接武器が主流になる。

――だから、もっと強くならないと。

おそらく十体目。化け物を切る。

化け物は身体を切ればヘモグロビンを含《ふく》んだ赤い血が出るし、発声器官もあるらしく声も出る。非常に気味が悪い。

ときどき、どうして僕はこんなことをしているのだろうと思う。正直に言えばやりたくない。が、これも庭国のために役に立つのなら、誰《だれ》かがやらなければならないなら、自分に命じられた役割であるから引き受けたいと思っていた。

何かを選択《せんたく》する前に殺された誰かのために。

だけど、同時に、疑問に思うのだ。

――どうして僕が私掠官にならなければならなかったのか。

僕は、少女二人の命が犠牲《ぎせい》になったあの日からずっと考えている。

僕は、視力を向上させて見える範囲で庭園を見渡《みわた》した。もう反応はなかった。今日、庭園にわいた化け物はすべて潰《つい》えた。

僕は化け物の亡骸《なきがら》に手を合わせる。化け物の死体はあとでドローンが回収してくれる。放《ほう》っておくとここにある亡骸は明日《あした》にでもなくなるだろう。こうして形だけでも罪悪感を忘れたくなかった。思考はなくとも、生き物である以上、痛みはあるはずだ。

この黒い化け物は『エシ』と呼ばれる生物兵器らしい。上司からは、隣国《りんごく》からの斥候《せっこう》であると聞いている。こんなものを作ってなにが楽しいかはわからないが、有効な兵器であることは確からしい。隣国からとんでくる目に見えないほど小さな粒子《りゅうし》。ヴァンダルシアが電気エネルギーを作る際、特殊《とくしゅ》な電場ができるそうなのだが、そこにその粒子が触《ふ》れると固まって化け物の形になるらしい。その特殊な粒子は、小さすぎて風に乗って飛来する。迎撃《げいげき》ミサイルも撃《う》てないらしく、なるほどたしかに兵器としては最適らしかった。

ただ弱いことを除けば。

僕が戦ってきたエシは弱くもないが強くもない。気味が悪いだけだ。ただの嫌《いや》がらせなのかもしれない。血が赤いのも、見た目が気持ち悪いのもそれで頷《うなず》ける。それとも本来は、もっとマシなものが作れる予定だったのか。単純に隣国の基準ではこいつは強いのか。
……まあ、考えてもどうしようもない。
僕はただ、いまの自分にやれることをやる。
「今日は——これで終わりかな」
エシは同じ空間にわくことが多い。多分だけど、電磁場の関係上そうなるのだろう。僕は視界に時刻を表示させる。

<div id="clock_time">
二一八四年　八月　二十八日　土曜日　二十二時　四十二分　十二秒。
地球が一兆六千八百一億一千六百二十九万七千九百三十一回転した時。
</div>

視界の端《はし》に表示された邪魔《じゃま》くさい時刻を見て僕は辟易《へきえき》とする。
もう少しまともな表示にすればいいのに、と毎度のごとく思う。初期設定されたＡＤの時刻表示はリーダビリティが最悪だ。小学生が言いそうなそれは、ディテールがあると庭国民には評判らしい。日本語は長ければ美しいとされるなんて風潮は読みにくいだけだろ

う。僕は「猫《ねこ》の手を借りたいほどだ」なんてまどろっこしく言う暇《ひま》があれば、「I am busy」と短くかっこつけて言ってやりたい。無論カスタマイズすれば変えられるのだけど、初期設定に手を加えるのが、ひどく面倒《めんどう》に感じるのだった。僕は忙《いそが》しいのだ。猫の手も借りたいほどに。

やっとヴァンダルシアから抜《ぬ》ける。花畑の脇《わき》にある最低限の通路を歩いて庭国へと向かう。庭園内は転移不可領域だ。ポータルまでは〈転移〉が使えないから歩くしかない。

庭園から庭国を眺《なが》めると、雪の中に墓石が立っているように見える。高層ビルがある庭国をヴァンダルシアが囲むように咲《さ》いているからだろうか。いくらフリーエネルギーだとはいえ、市街地のそこら中に植えるのはどうなのだろう。この花が嫌《きら》いな僕にとっては、あまり芳《かんば》しくない景色だった。

――そんなどうでもいいことを考えているときだった。

音がした。

あれ？　おかしいな。報告を受けているエシはすべて倒《たお》したと思うのだけど、僕が数え間違《まちが》えたのだろうか。それとも、いま、わいたのか。

アーシュラさんに送信する予定だった報告書を一度閉じて、音の方向を見た。視力を向上させて確認《かくにん》する。

ヴァンダルシアの花を避《さ》けるようにそれはいた。

——少女だった。

包まれるような光の中に少女がいる。

理由はわからない。

僕は少女から目を離《はな》すことができなかった。

少女は光の中で浮《う》いていた。そこだけ水中のように重力感がない。鼓動《こどう》が速くなるのがわかった。なにか見てはいけないものを見ているような気持ちになる。庭園への侵入《しんにゅう》者か、それとも——

空中にいた少女はゆっくりとヴァンダルシアの上に落ちた。包み込んでいた光はゆっくり消えていって、辺りはヴァンダルシアの花の光だけになった。

僕は見失わないように目をこらした。いる。見間違《みまちが》いなんかじゃない。庭園の中に僕以外の人間がいる。

妙《みょう》なのは——

<humanity>
—— NaN

<humanity/>

少女の拡散回路の数値が見えない。

——ＮａＮ？　すぐにエラー《Not a Number》のことだとＡＤの辞書機能が教えてくれる。

拡散回路にエラー？　拡散回路はサイファレンスの中枢《ちゅうすう》を担《にな》っている。拡散回路がエラーを吐《は》き出すなんてあり得ない。現に僕は初めて見た。

——いや。

<humanity>

——1$715$2

<humanity/>

気味の悪いものを見た気がして、サッと血の気が引いた。なんだあれ？　文字化けしているのか？　ニキシー管のように数字が揺《ゆ》れている。

<humanity>

―― 1171572 <humanity/>

揺れていた数値がそこで止まる。

なんだったんだ。いまのは。

「あっ……」

ハッとして僕は我に返った。少女が横たわった白い地面が赤く染まったからだ。

それは血液だった。冷たい空気が足下を流れるみたいに、赤く染まっていく。化け物の血じゃない。

「ちょっと君！　大丈夫《だいじょうぶ》!?」

夢中で駆《か》けだしていた。途中《とちゅう》、ヴァンダルシアの茎《くき》に脚《あし》がかかって転びそうになりながらも僕は少女の下《もと》へ近寄った。

少女は横向きのまま、まるまって倒れていた。

少女のおなかに刺《さ》し傷のようなものがあった。なにか棒状のものが突《つ》き刺さったように穴が開いている。内臓には届いていないだろう。いまも血があふれ出ているけど傷口はそこまで深くない。僕は傷口の場所をしっかりと確認したあとすぐに止血帯を当てた。

「……ううっ…………」

痛みで少女がうめく。良かった。意識がある。

大きく見開かれた瞳《ひとみ》を見つめた。だけど、視線がおぼつかない。

なにかを伝えようと言葉を紡《つむ》ぐ。

「…………あたしは……救世主を……」

――救世主？

「なに？　どういうこと？」

瞳にたまった涙《なみだ》が落ちるのと同時に少女の意識は落ちた。

――泣いている？

「…………………」

僕は立ち上がった。

怪我《けが》をした少女を抱《かか》えて。もう血は止まった。どこか暖かい場所で寝《ね》かせておけば自然と目を覚ますだろう。

この少女をどうこうする権利は僕にはない。入れないはずの庭園にいて、さっきまで拡散回路にエラーが出ていた。普通《ふつう》に考えれば怪《あや》しすぎる。最悪、密入国者かもしれない。

庭国に――サイファレンスに引き渡《わた》して判断を仰《あお》ぐべきだ。

だけど、いくら僕でも――

泣いてる女の子をそのままになんてしておけない。

これは庭国を裏切るわけじゃない、ちゃんと事情を聞いて、話はそれからだ。

――だけど、どうすればいい？

当然だがＡＤのパーソナルスペースに人間は保管できない。僕は女の子一人背負ったまま〈転移〉ができるポータルまで歩かなければならない。

ポータルには、さっき話したアンドロイドがいる。庭園から出るにはあそこから〈転移〉しなければならない。

――どうやって切り抜ける？

壊《こわ》す？　いやいやあのアンドロイドはなにもしていないのに？　それに痕跡《こんせき》が残りすぎる。言わないでと説得しても、無駄《むだ》だろうし、どうすれば。

頭を捻《ひね》る。冷静になれ、庭園に監視《かんし》カメラはない。なんらかの間違いでデータが外部に漏《も》れるのを事前に防ぐためだ。エシの映像記録なんかが仮想空間《オルタナティブ》に出回ったら庭国民の不安を煽《あお》ることになる。

つまり、実質、庭園の中にある監視カメラはあのアンドロイドだけだ。ポータルからアンドロイドを離してその隙《すき》に、少女を抱えたまま〈転移〉すればいい。少女のＡＤに接続すれば僕が＜転移＞のコードを使っても同時に移動は可能だ。接続するには互《たが》いの合意か、身体《からだ》を密着させていれば発動できる。

やることは単純だ。僕はポータル近くに少女の身体をゆっくり下ろした。ヴァンダルシアの背は高い。うまく身体を隠《かく》してくれるだろう。

――どうにかしてアンドロイドをポータルから離す。

『お疲《つか》れさまでした』

ポータルに入ると、アンドロイドが深々とお辞儀《じぎ》した。あまりに深々とお辞儀されるので、そのまま帰ってしまいそうになるがこらえる。

「……あの、すみません。ちょっとお願いがあるんですけど、いいですか？」

『もちろんです。わたしにできることなら何なりとお申し付けください』

基本的にはアンドロイドは人のためにある。だから、僕の意見をある程度は汲《く》んでくれるはずだ。

「ヴァンダルシアの修繕《しゅうぜん》をお願いしたいんですけどいいですか。今日の戦闘《せんとう》でちょっと壊しちゃったみたいで」

とにかくこの場から離れさせることができればいい。

『了解《りょうかい》しました。ヴァンダルシアの修繕とのことですが、わたしとは別に修繕するドローンがいますので、そちらに至急連絡《れんらく》しますね』

「ちょ、ちょっと待ってください」

そんなことされたら状況《じょうきょう》が悪化する。

「あなたに見てほしいんです」

『わたしにですか？』

「そうです。壊れているというか、ヴァンダルシアの茎が太くなっていて転んでしまったんです。遺伝子組み換《か》えに失敗したものが交ざっているのかもしれません。もしかしたら、突然変異《とつぜんへんい》かも。杞憂《きゆう》かもしれませんが、何かの病気だとしたらヴァンダルシア全部が化学修飾《しゅうしょく》できなくなるかも」

ヴァンダルシアは発電のために植えられている。発電できなくなれば、庭国は大打撃《だいだげき》を受けることになる。サイファレンス基準で思考するＡＩならほんのわずかな可能性でも絶対に避けたいはず。転びそうになったのは、嘘《うそ》じゃないから自然と言えた。

『そうですか。可能性は零《ぜろ》に近いですが、念のため確認しておくべきでしょうね』

「そうなんですよ。もしかしたら、見間違いかもしれないんですけど一度気になると気持ち悪くって」一応、保険を入れておく。上に報告されたら面倒《めんどう》だ。「だから、あなたに見てほしいんです。ドローンでは対処できない問題があるから、より高度な知能である、あなたがここにいるんですよね？」

こう言えばアンドロイドは言う通りに動くしかないはずだ。敵対しなければ人間よりはるかに説得が楽だ。

『わかりました』

「座標コードをお送りします」庭園内でポータルから離れた座標をアンドロイドに送信する。「すみません。本当は一緒《いっしょ》に確認したいんですが、僕は疲れてしまったので、先に帰ってもいいですか？」

『了解しました。これはわたしたちのお仕事ですのでお気になさらず、お疲れさまでした』

アンドロイドは歩いてポータルを出ていく。

——よし、この間に。

僕もポータルを一度出て、ヴァンダルシアに隠した少女の下に戻《もど》った。

少女の意識は戻っていないようだった。少し離れて戻ってきただけなんだけど、そこにいると安心した。さっきより表情が穏《おだ》やかになっている。改めて見る少女はかなり美人だ。目を閉じているのに、顔を見ているだけで照れてしまいそうになる。

——ってダメだ。いまは急がないと。何のために時間を稼《かせ》いだんだ。

僕は少女を抱えてポータルに戻った。

あとは〈転移〉するだけ——そう思ったときだった。

「——おっ、いたいた」


背筋が凍《こお》る。

後ろから見知った声がした。アーシュラさんがそこにはいた。

「……っておまえ、その女の子は誰《だれ》だ」

アーシュラさんは少女を指さす。

「あっあああ……この子はですね……」

完全に見られてしまった。

やばい、やばい、やばい。

庭園の管理者。上司に見つかってしまった。

即刻《そっこく》、反逆と見なされて殺されてもおかしくはない。

「アオ、おまえ……」

だけど、相手は機械じゃない。なんとか事情を説明できれば——

「……違《ちが》うんですアーシュラさん。これは——」

「おまえ……拡散回路が減らないからって、女の子誘拐《ゆうかい》ってまじか……」

「ええっ⁉」

良からぬことを疑われていた。

「さすがのわたしも、それは引くわ……もしかして、レイって子もそうだったの？　家に女の子さらってきてハーレムでも作ってるのか？　現実の女の子はゲームじゃないんだぞ……」

「違います！　それはほんとに違います！」

そう言いながらも、女の子を背負っている自分がいることは事実だ。説得力がない。

「――なんてな」

アーシュラさんは目を伏《ふ》せて、大きく息を吐《は》いた。

僕は思わず身構える。が、すぐに力が抜《ぬ》けた。

「おまえがそんなことするようなやつでないことはよく知っている。なにか事情があるから、関係者以外立ち入り禁止の場所で女の子を拉致《らち》っているのだろう。こう見えてもわたしは、仕事に関してはお前のことを信頼《しんらい》している。信頼しているからこそ愚痴《ぐち》を言えるわけだしな」

「……アーシュラさん」

僕に愚痴を言うのは暴言を吐いても拡散回路が減らないからじゃなかったのか。少しだけ見直した。

「見たところ……」

僕が抱えた少女を見た。

「その子、怪我しているみたいじゃないか。それをなぜかおまえが運ぼうとしている。しかもサイファレンスの目を避《さ》けて。それくらいは、さっきのアンドロイド相手にやってった茶番を見てわかった。なんだよヴァンダルシアの突然変異って、どれだけ低い確率だよ」

爆笑《ばくしょう》される。見られていたのか。

「その子をただ病院に連れて行くつもりなら、さっきのアンドロイドに言えばいいだけだからな。なにかその子には、人に言えないような事情があって、サイファレンスの目を避けなければならない理由がある。一般《いっぱん》人は立ち入れない庭園にいることからなんとなく想像はつくが、おまえは、それを汲んで、かくまおうとしている。そんなところか？」

「はっ、はい、そうです！」

的確に言い当てられる。正直、驚《おどろ》いていた。仕事前にブチギレていたアーシュラさんから考えられないほど、冷静に状況を見ている。優秀《ゆうしゅう》すぎる。

僕はすっかり忘れていた。アーシュラさんは庭国でもトップクラスの拡散回路を持っている。拡散回路の高い人間というのは、こういうことができてしまうから、数値が高いのだろう。

「よし、そうか。そうだろうな。では、念のため、一度訊《き》いておくが……」

アーシュラさんはまっすぐに僕を見つめた。

「間違《まちが》ったことはしていないな？」

確信している様子で僕の返答を待つ。

「はい。していないと思います」

「よし、ならいい。さっさと行け。アンドロイドが戻ってくるぞ」

後ろから肩《かた》を掴《つか》まれて、ぽんと軽く押された。

「はっ、はい！　ありがとうございます！」

「なお、わたしは責任を一切《いっさい》持たない」

「ええっ⁉　ああ……でも、いいです！　失礼します！」

最後で台無しだ、と思いながらも僕は少女を背負ったまま自宅へと∧転移∨した。

◆　◆　◆

無事、少女を自宅まで連れてくることができた。

少女は拡散回路を持っていたけれど、エラーが出ていたから∧転移∨できるか不安だったが正規のものらしかった。

いまは自室のベッドに寝《ね》かしている。そこから扉《とびら》を一枚挟《はさ》んで、僕はリビングで一人モヤモヤしていた。別室とは言え、いつも自分がくつろいでいる空間に女の子がいるというのは、奇妙《きみよう》な感覚だった。いや、レイがいつも来ているか。だけど、さすがに人のベッドで爆睡《ばくすい》はしない。

――しかし、とりあえず家に連れてきたものの。

「……どうすればいいんだろう」

普通《ふつう》に考えれば、起きるのを待つしかないのだけど、今更《いまさら》ながらとんでもないことをしている気分になる。アーシュラさんには間違ったことをしていない、と言いきってしまったけど……。

「この子は何者なんだろう」

少し不安になってきたけど、とりあえず、いまは気にしていても仕方がない。僕はアーシュラさんに今日あったことを報告書にまとめて送信した。もちろん少女については書いていない。

「……あっそうだ。止血帯、補充《ほじゅう》しておかないと」

自宅に備えてある止血帯をＡＤのパーソナルスペースに移動させておく。庭国から提供された止血帯は、流血を防ぐだけでなく、殺菌《さっきん》および傷口を治癒《ちゆ》してくれる。

「あの子……大丈夫《だいじょうぶ》かな」

念のためもう一度、自室に入った。少女は穏やかに寝息《ねいき》をたてている。止血帯を替《か》えようかと思ったのだが、大丈夫そうだろう。何度も女の子のおなかをまさぐるのは気が引けるし。

戻ってリビングにあるソファに寝転《ねころ》ぶ。なんだか自宅なのに行ったり来たりしていて落ち着かない。

アーシュラさんから報告書の返信が来ていた。

『なにかあったら相談しろ』

この人こんなに頼《たよ》りになる人だったんだな、と思っていると僕はいつのまにか眠《ねむ》りに落ちていた。

< interlude / 2184 / 08 / 28 / 22 : 20 : 54 / 1680116297931 >

最近になって気づいたことだが、わたしの部下はモテるらしい。

わたしは、自宅にハーレムを作っているかもしれない部下を見送って、そう考える。

いっちょ前にお姫様抱《ひめさまだ》っこなんかしやがって。あんなもやしのどこがいいのだろう。たしかに、顔は整っていて、女の子みたいに肌《はだ》はすべすべで正直うらやましい。あれ？　そらモテるわ。死ねばいいのに。

まあ、冗談《じょうだん》は置いておいて、わたしは気になっていることがあった。

――アオが抱きかかえていたあの子。わたしはあの子をどこかで見たことがあるような気がするのだ。

わたしはさっきの記憶《きおく》素子から少女の画像データを切り取った。明るい髪《かみ》色をしたかわいい子だ。すぐに過去の記憶素子に、＜参照《reference》＞をかける。該当《がいとう》者はなし。知り合いでも、すれ違ったこともないらしい。

――なんだ。気のせいか。かわいい子だったから勘違《かんちが》いしたのかもな。美人ってのは、顔のパーツが似通っているものだ。それにしても、どうしてあんなにかわいい子が怪我《けが》をして庭園にいたのだろう。もしかしたら最悪、密入国者かもな。まさかアオと同類ってわけでもないだろうし。責任は取らないとかテキトウこいたけど、なにかあったら絶対わたしの責任になるだろうな。

『おつかれさまです』

ポータルで考えこんでいると、アンドロイドに声をかけられた。さっきアオが茶番で追い払《はら》ったかわいそうなアンドロイドだ。確認《かくにん》を終えて、戻《もど》ってきたらしかった。

『私掠官《しりゃくかん》にヴァンダルシアの修繕《しゅうぜん》を頼《たの》まれたのですが指定された座標データへ向かっても何もありませんでした。なんだったんでしょう』

「あいつはバカなんだ、許してやってくれ」

『バカですか』とアンドロイドは首を傾《かし》げて神妙《しんみょう》な表情をしていた。なんだこいつ。アンドロイドのくせにあざといやつだ。とりあえず頭を撫《な》でておいた。

さてと――

「……ちょっと、じっとしててな」

念のためアンドロイドをちょっとだけいじっておく。

――まっ、なんとかなるだろう。

これまでの人生はそれで大概《たいがい》なんとかやってきた。これで管理者を辞《や》めることになってもそれはそれでいいと思っていた。肩書《かたが》きに憧《あこが》れてやってみたものの、人間が仕事をする大変さが身にしみてわかった。やっぱり機械がやったほうがいい。人間には荷が重すぎる。少なくとも、わたしにはそう感じた。

そんなことを考えていると、部下から連絡《れんらく》が来た。今日の報告書だった。報告書に怪我をしていた謎《なぞ》の少女についての記述はなかった。わたしも受領したと返信をする。

『なにかあったら相談しろ』

そう締《し》めくくった。いかにも上司らしい返答だろう。アオの性格上わたしに頼ることなんてないだろうが、そう送ることで、わたしはお前の味方だと伝えておきたかった。

正直に言うと、わたしはうれしいのだと思う。アオの周りにわたし以外の人間が集まってきているこの状況《じょうきょう》が。あれからよくここまで持ち直したと思う。

……まあ、さすがに謎の少女については、心配にならないと言えば嘘《うそ》になるが。あれについてはなんらかの方法で対処することにしよう。

ADのメールボックスを閉じようとするとまた通知が来ていた。どうやら上層部からメールが来ていた。

「……ああ、そう言えばアオに伝え損《そこ》ねたな」

そのためにここに来たと言うのにわたしもうっかりしている。大きなため息をついて、わたしは内容を確認した。

TIPS 01

<dictionary>

<word>**【量子コンピュータ】**</word>

<description>

量子コンピュータの大まかな仕組みは、重ね合わせ状態を利用したものだ。

重ね合わせ状態とは、ここでは「0」と「1」を同時に持っている性質とする。コンピュータは、「0」と「1」というデジタル信号によって処理を行い論理回路を表すことができる。通常のコンピュータは「0」か「1」のどちらかをとるが、量子コンピュータは「0」と「1」の状態を同時にとることができる。

これをコインで例えると、1枚で「表」と「裏」の2つの状態をとれる。2枚だと組み合わせは「表、表」、「表、裏」、「裏、表」、「裏、裏」の4つ。3枚だと8つ。30枚だと10億7374万1824つになる。計算装置の単位が一つ増えると倍になり、途方もない処理能力になる。

</description>

</dictionary>

第3章
冷たい場所
A Cold Place

< part : number = 03 / 2184 / 08 / 29 / 11 : 49 : 12 / 1680116297932 >

翌日、部屋はいつも通り静かだった。

すぐに起き上がる。時刻はもう昼に近かった。

一瞬《いっしゅん》、ぼうっと頭がフリーズするが、僕は昨日のことを思い出す。

――そう言えば、あの子大丈夫かな。

様子を見に行こう。立ち上がって身体《からだ》を伸《の》ばすと、自室のほうへと視線をやった。もうさすがに起きているだろう。

だが、不思議と人の気配はない。扉《とびら》をノックしてみても返事がない。

「おーい、起きてますかー」

とりあえず呼びかけるが返事はない。まだ眠っているのだろうか。

「はいるよー？」

不本意ながら自室を覗《のぞ》き込むと僕が想像していた光景はなかった。昨日、眠っていた少女はもういなくなっていた。

「いない？」

念のため掛《か》け布団《ぶとん》をめくってみてもいい匂《にお》いがしただけで誰《だれ》もいない。自宅も一通り探したけど、ものを物色された様子はない。ただ誰もいなかった。

「そうか……出ていったのか」

挨拶《あいさつ》くらいしていけよ、と思ったが僕と少女の立場を考えると仕方がないのだろうと思った。目覚めたら見知らぬ男の家にいるのだ。怖《こわ》すぎる。恐怖《きょうふ》でしかない。女の子なら特にそうだろう。そのまま黙《だま》って姿をくらましてもおかしくはない。

「……メモ書きくらいはしておくべきだったかな」

昨日はアーシュラさんに報告したあと、そのまま寝《ね》てしまったんだっけ。

まるで昨日のことが夢のように感じる。

昨日、一人、怪我していたあの少女は本当に現実のものだったのか。

僕は、ＡＤを開いて昨日の自分の記憶——記憶素子を見る。映像を巻き戻すように思考のダイアルを過去に戻す。

そこにはたしかに少女がいた。

僕は、とっさによかった、と思った。もういなくなってしまったが、僕はあの少女と会えてよかった。そう思った。

「あっでも……アーシュラさんになんて報告しよう」

まあいいか。ありのまま話そうと思った。下手にごまかそうとしたらまたハーレム疑惑《ぎわく》をかけられそうだ。なるようになるだろう。

これからはまた普段《ふだん》通りの日々を送る。それでいい。

僕は自室の掃除《そうじ》を始めた。アンドロイドを呼んで任せてもいいのだけど、少し散らかっているだけだから自分でしよう。朝食はもういいだろう。昼になったらまたレイがやってくる。それまでにかたづけておきたい。そこまで散らかっていなかったのですぐに終わった。

身体がほこりをかぶって気持ち悪くなる。

……そう言えば、昨日帰ってからシャワーを浴びていなかった。道理で気持ちが悪いわけだ。

レイが来るまでは、少し時間がある。ひとっ風呂《ぶろ》入るか。面倒《めんどう》なのでその場で服を脱《ぬ》いで僕はシャワールームに∧転移∨した。


入ってすぐ異変に気がつく。


「あっ――」

僕はすっかり見落としていた。

女の子という生物が朝、風呂に入ることを。

「…………」

目の前には昨日の少女がいる。

蒸《む》れた狭《せま》い密室で見つめあう。

「あっあっあああわ」

幸いにも少女は状況が理解できていないのか、目をぱちくりさせている。頭がまっしろなのだろう。僕もまっしろだ。互《たが》いに全裸《ぜんら》で狭い蒸れた密室にいる男女はどうすればいいのだろう。僕はできるだけ冷静に考えようと努めるが、浴室は熱いせいか頭が回らない。身体中に血が巡《めぐ》っている気がするのだがどうも頭は働かない。寝起《ねお》きのせいもあるかもしれない。いままでの人生でこんな経験にあったことがないからかもしれない。ただものすごく罪悪感があることはたしかだ。とにかく不可抗力《ふかこうりょく》だったとは言えやはり他人がシャワーを浴びているときに、すっぽんぽんで横入りするのは間違《まちが》いなく非道な行為《こうい》と言えると思う。しかもシャワーは一つしかないのだから横入りのしようがないような気もする。ただ来ちゃって目のやり場に困るだけだ。少女は、「なにしに来たのこいつ、邪魔《じゃま》なんだけど」と僕を蔑《さげす》んでいるのだろうか。ここは客観的に捉《とら》えるために逆に僕が少女にすっぽんぽんで横入りされたことを想像してみよう。僕が気持ちよくシャワーを浴びていると彼女が∧転移∨してくる。たしかにこれは目のやり場に困る。彼女の控《ひか》えめな胸、他《ほか》にも……安産型のおし……いろいろ見え……て……それ以前に僕と彼女は異性──

「へ、ヘンタイぃしねえええええええっ！！！」

いままで殴《なぐ》られたなかで一番痛かった。

◆　◆　◆

「ごめん」

心からそう思っていても相手には伝わらないことがある。

「…………………」

少女は昨日レイが座った椅子《いす》に黙って座っている。両手で身体を隠《かく》すようにして距離《きょり》をとられていた。シャワールームでの一件で、少女は完全に警戒《けいかい》してしまった。僕をにらむように、じっと見つめていた。

僕は少女に殴られた箇所《かしょ》を冷やす。こう言っちゃなんだけど、とんでもない馬鹿力《ばかぢから》だった。でも、あれは殴られても仕方がない。

「……でも良かったよ」

「な、なにが良かったのよ！」

さらに自分の身体を隠すようにして、元気よくつっこまれる。なにも話してくれないと思っていたのだが、許してくれる見込みはありそうだ。

「……あっいや、何も言わずに行ってしまったのかと思ったんだよ。うまく言えないけど、また君に会えて良かった」

本心で僕はそう言う。

まさかシャワールームで会うとは思わなかったが。

聞いて少女は意外そうに目を見開くと、ふんっ！　と鼻をならして、そっぽ向いてしまう。やっぱり許してくれないのかもしれない。

「…………………」

「…………………」

すぐに沈黙《ちんもく》。

普段、男女で暮らしている人は、なにをしゃべっているのだろう。いや、仮にそれをしれたとしても普通《ふつう》ならそのケースは恋人《こいびと》同士か家族だろうから僕たちとは違《ちが》うか。昨日、拾ってきた少女とはなにを話すべきなんだろう。

「……おなかすいた」

少女が、そうこぼした。これは挽回《ばんかい》のチャンスだと僕は意気込む。ご飯だ。うまい飯を用意すればいいのだ。そうすれば、ふくれっ面《つら》もたちまち天使のような笑顔《えがお》になるに違いない。

「ああ、おなか減ってるなら――」

言って僕は冷や汗《あせ》をかく。

やばい。

思考より先にその感情が来る。

今日の僕はどうしてこんなにもうっかりしてしまうのか。

僕は時刻を確認《かくにん》する。すでにお昼を指していた。

――カタンッ。

後ろですごく嫌《いや》な音がする。

それはまるで陶器《とうき》がフローリングに落ちたような。

具体的に言うと鍋《なべ》のフタあたりが落ちたような。

僕はおそるおそる後ろを振《ふ》り返った。

絶句しているレイの姿があった。

「……………」

「…………………」

「…………………」

同じ沈黙なのにさっきより厚みが違う気がした。レイからしてみたらいつも通り友人宅に遊びに行くと、普段なら自分が座っている席にしらない少女が座っている。そういうことになる。

「ねえ、その子誰なの？」

少女が僕に言った。

「もしかして、あなたの彼女？」

「うん」

僕ではなくレイが即答《そくとう》する。

「ええっ！」

「……違うよ」

少女が思いのほかびっくりしていたので、僕は一応、訂正《ていせい》しておく。

「違くない」

またレイは即答する。

「わたしは、アオの家に自由に出入りすることができる。つまり、そういうこと」

どういうことなのだろう。

「家に出入りできることが条件なら、あたしだってそういうことになるわ。家に入れているんだからそういうことね」

なぜか少女はレイに張り合う。僕を見てニヤニヤとしていた。こ、このやろう。さっきの仕返しのつもりか。それは殴ったのでチャラにしてくれよ。

「…………」

レイからじいっと無言の圧力を受ける。

「あっいや、これには色々とわけがあって」

……付き合っているわけでもないのに、どうして僕が責められねばならないのだろう。しかし、この状況《じょうきょう》、想像以上にやばいのではないか。

少女のことをどう説明すればいいのだろう。

「……一度、落ち着こうか。とりあえずみんな座ろう」

なんだが浮気《うわき》がバレた男のようなことになっている。ここでレイが機嫌《きげん》を損《そこ》ねて〈転移〉されてしまうと、まずい気がする。

◆　◆　◆

「一つ一つ状況を説明していこうと思います」

全員が腰《こし》を下ろしている。僕は一度咳払《せきばら》いをしてから話し始めた。

「僕は昨日、私掠官《しりやくかん》の仕事を終えたあと、そこの彼女が怪我《けが》をしているのを見つけたので自宅に連れてきました」

「……ああ、そっか」少女がつぶやく。「だから、あたし……助けられて……」

「元の場所に返してきなさい」

レイがジト目で言った。少女は椅子から立ち上がる。

「ちょっと！　人を猫《ねこ》みたいに言わないでくれる！」

「そうね。泥棒猫《どろぼうねこ》ね」

「……お願いだから喧嘩《けんか》しないでください」

なんだろう。ちょっと泣きそうになってきた。

「……仕切り直すよ」

さすがに女の子二人の前で泣くわけにはいかないので、僕は気合いを入れ直す。

「彼女を見つけたのは庭園内でした」

普通なら仕事のことは話してはいけないのだが、レイなら構わないと僕は考えて続ける。

「当然ですが、庭園内は立ち入り禁止。と言うかどうやって入ったのか、あとで詳《くわ》しく話してもらいたいと考えています。だけど、彼女が怪我をしていたため、いったん保護してから事情を聞こうと思いました」

「べ、別に助けてなんて誰《だれ》も頼《たの》んでないわ！」

少女は反抗《はんこう》するように声を上げた。

「頼まれてないかもしれないけど、僕があのとき助けなかったら、君は庭国に捕《つか》まって尋《じん》問《もん》を受けてたかもしれないよ。その拡散回路、普通じゃないでしょ」

「……っ！」

僕が指摘《してき》すると少女はわかりやすくうつむいた。やっぱり昨日見た拡散回路のエラーは見間違《みまちが》いじゃなかった。なにか裏があるんだ。

「それで結局どうなったの？」

レイは結論を急ぐ。

「それで今朝――」

「裸《はだか》を見られたわ」

意趣返《いしゅがえ》しとばかりに、少女に横やりを入れられる。

「ちょっと！　変なこと言わないでくれるかな!?」

「な、なによ！　事実じゃない！　人の全裸《ぜんら》を見ておいてすっとぼけるつもり!?」少女の顔が急速に赤くなる。「あ、あた、あたしの身体《からだ》をあんなにじろじろと、いやらしく視姦《しかん》しておいてっ！」

「見た瞬間殴《しゅんかんなぐ》られて意識とんだから！　そんなに見てない！」

「ちょっとは見たんじゃない!?　最低ね！　余罪は他にもあるわ！　全裸でシャワールームに入ってきたのよ!?　あたしに、男の……あ、あんな気持ちの悪いものを見せつけておいて！」

ああもう……じろじろ見てたのはそっちじゃないか。

僕はおそるおそるレイを見た。

「殺そう。殺すしかないわ。大丈夫《だいじょうぶ》。ホルマリンはなくても、大きな冷蔵庫の中に入れておけば、アオは一生わたしのもの」

ものすごく怖《こわ》いこと言っている。泣きそうだ。殺されそうだ。

……誰か。誰か。助けてください。

収拾《しゅうしゅう》がつきません。この状況をなんとかしてください。

――と、そんな願いが通じたのか、ADに通知が来た。

アーシュラさんからの連絡《れんらく》だった。

「あっごめん。ちょっと連絡来たから、外出るね」

返事を聞く前に僕は∧転移∨で自宅の外に出た。意気揚々《いきようよう》と飛び出す。僕も一度、落ち着く必要があると思った。

「アーシュラさんこんにちは！」

『なぜ外』

僕が元気よく挨拶《あいさつ》すると、もっともな疑問をアーシュラさんは口にした。

「あっははっ……色々ありまして……」

『ふーん……お前、ほんとうに自宅にハーレム作ってないよな……』

「作ってませんから！」

だんだんとハーレム疑惑《ぎわく》の外堀《そとぼり》が埋《う》まっていくの勘弁《かんべん》してほしい。

「それで、なんですか。用があるから連絡してきたんですよね？」

若干《じゃっかん》、逆ギレっぽく僕はそう返した。いつもならアーシュラさんがなにか言い返してくるのだけど、本題に入った。

『昨日、テロが起きた』

「テロ……ですか？」

テロ――テロル。

聞き慣れない言葉が頭の中で反響《はんきょう》する。

そんなものが庭国で起こるのか、僕は驚《おどろ》くのと同時に疑問に思った。

拡散回路の仕組み上、そんなことをするメリットがあるとはとても思えない。

理由は単純で犯罪をすれば、拡散回路が引かれてしまうからだ。

『ニュース見ていないのか？　実は昨日、わたしが第四庭園のポータルにいたのはそのことを直接お前に伝えようと思っていたんだよ。第二庭園が全焼《ぜんしょう》したんだ』

「第二庭園が全焼って……本当ですか？」

『本当だ。時刻で言うと……そうだな。報告書通りなら、昨日、おまえがエシと戦闘《せんとう》していたくらいだな。すぐにニュースになっていたんだが。その様子だと知らなかったみたいだな』

嫌な予感がした。アーシュラさんがこのタイミングで僕に連絡をしてきたということは、まさかこの件には、あの少女が関《かか》わっているんじゃ……。

『それでその容疑者なんだが、いま勾留《こうりゅう》している』

「えっ捕まっているんですか」

よかった。じゃあ、おそらく違《ちが》う。

『ああ、第二庭園が燃えさかる中、突《つ》っ立っていたらしい。わたしも映像記録だけしかみていないから詳しいことはよくわからんが、とにかく捕まったらしい。なんの抵抗《ていこう》もしなかったそうだ』

——抵抗しなかったのか。

「なんか奇妙《きみよう》ですね。それ」

『そうだな。なにか妙だ』

「というか、生きていいたんですね、いいい、いい、い」

拡散回路はただの人間の価値を表すアイデンティティではない。

拡散回路が零《ぜろ》になった者は通常なら、魂《たましい》の牢獄《ろうごく》、失楽園に行くことになっている。失楽園に送られたものを失楽者と呼び、それは事実上の死刑《しけい》だった。人間として生きる価値がないとサイファレンスに判断された者は魂を——電子化されることになっている。

電子化と言えばまだ望みがあるかに聞こえるが、そんなものは存在しないようなものだった。魂の電子化を蘇生《そせい》に使う方法は現在の医療《いりよう》では存在せず、回復は絶望的。事実上の死刑として扱《あつか》われている。だからこそ犯罪の抑止力《よくしりよく》にもなっている。

庭園をまるごと燃やすなんてことをしてしまえば、人間一人分の拡散回路なんて簡単に溶《と》けてしまいそうなものだけど。

『ああ、容疑者は失楽者になっていなかった。なにか裏があるんだと思う。サイファレンスの目を欺《あざむ》くなにかがな』

「……そうですね」

なにか拡散回路の数値の移動に不正があったのだろう。

『それで、今回、アオに連絡したのは他《ほか》でもない』

僕は嫌《いや》な予感がする。

『容疑者を尋問してくれ』

「……僕がですか」

『えっ嫌なのか？』

「相手、犯罪者ですよね……やばいやつですよね……」

『バカ言え、一応まだ容疑者だ。犯人ではない』

一般人《いっぱん》が入れない犯行現場に突っ立っていたやつは、ほぼ黒に近いグレーだと思う。

でも、断ることもできない。

「……わかりました」

『それから、昨日お前が攫《さら》っていた謎《なぞ》の少女だが怪我とか大丈夫だったか？』

「言い方に語弊《ごへい》がありますよ。攫ってませんから、ちょっと色々ありまして、まだ詳しく話を聞けていません」

見られている以上は、嘘《うそ》をついても仕方がないので正直に言った。

『ふーん。まあいいけど。めんどうなことなら早めに相談しろよ』

「……わかりました」

後回しにしていても仕方のないことだ。後でしっかり話を聞こう。

通話を切る。

さて。

僕は外から自宅のほうを見た。

正直、あの空間に戻《もど》りたくなかった。できることなら、このまま尋問に向かいたい。

だけど、あの二人を残して行ってもいいものか。

二人は、いまどうなっているだろう。考える。レイはああ言っていたが、本当はすごく頭がいい。なんだかんだ言って状況《じょうきょう》をくみ取ってくれているのではないか。僕の性格を考えれば、あの子を自宅に連れて帰る。それが僕が出した結論だと理解してくれるはずだ。

——そう言えばＩｏＴ《Internet of Things》に自宅の中を覗《のぞ》く機能があったはずだ。のぞき見しているようで申し訳ないが（というかのぞき見だが）中を見よう。それから戻るか決めよう。

初めに聞こえたのはレイの声だった。

『さっきから黙《だま》って聞いていれば、あなた何者なの？　自分の正体くらい明かしたらどうなの？』

『うるさいわねっ！　庭国民のクセにあたしに指図しないで！』

めちゃくちゃ喧嘩《けんか》している！

——ああ、僕がバカだった。

自宅は戦場と化していた。やばいめっちゃ喧嘩している。レイも少女もブチギレだ。こわい。こわすぎる。

——でも、このまま放《ほう》っておくわけにも……。

と、またＡＤの通知がなった。アーシュラさんのメッセージだった。

——早く行けよ。

「…………」

どっかで見られてないよな。思わず辺りをきょろきょろする。

はぁ、仕事しよ。

喧嘩している二人は放っておこう。現実逃避《とうひ》をかねて、僕は尋問へと向かった。

◆　◆　◆

昼でも夜でも庭国は明るい。

照った太陽と、誰《だれ》もいない道を光量の強すぎるライトが照らす。

こっち方面は人通りが少ない。工場といった施設《しせつ》が大半だからだ。人間は住んでいないし、娯楽《ごらく》スペースもない。整備されたコンクリートの濃《こ》いグレーカラーの脇《わき》には、ヴァンダルシアが花壇《かだん》にところ狭《せま》しと咲《さ》いている。

僕はポータルまで歩く。一部の施設は、ポータルを介《かい》さないと転移できない。僕がこれから向かう施設はまさにそれだった。公共施設《こうきょうしせつ》のだいたいはそうだ。タクシーも自由に使えるけれど、風に当たりたい気分だったので歩いていた。


「神は死んだ」

突然《とつぜん》、耳に声が入ってきた。ポータルまであと少しというところで、近くにいた誰かがそう言った。

少し大きな声だった。おそらく周りに聞こえるように言ったのだろう。

視線をやると男だった。庭国には季節渡り《延命治療》があるから実際の年齢《ねんれい》はわからないが25歳よりは上だろう。

……おそらくヤバい人だ。この時代でもこういう類《たぐ》いの人間はいるのだな、と僕は不審《ふしん》に思いながら横を通る。

「神は死んだ！」

さらに声が大きくなる。なぜそんな大声で！　なんだこの人。もしかして、僕に言っているのだろうか。関わりたくない！　絶対に関わりたくない！　僕は歩く速度をあげる。

「神は死んだ……そうは思わないかね」

ついには語りかけられる。

「…………」

聞こえないふりをしたかったが、目が合ってしまった。

変人と対峙《たいじ》する。人様に迷惑《めいわく》をかけているのだから、さぞ拡散回路は低いのだろうと予測したが違った。

<humanity>

―― 725413

<humanity/>

かなりの数値だった。

庭園の管理者に選出されてもおかしくない程度の数値だ。

僕が黙っていると、男は勝手に肯定《こうてい》だと受け取ったのか、語り続ける。

「神は死んだ。そのときから罪はすべて人のものとなった。拡散回路で罪の数値を決めて罪はすべて自己責任とした。拡散回路は殺人を容認《ようにん》している。数値は足し引きの技術については、不正防止のため秘匿《ひとく》されているがおおよその目星はついている。人工頭脳学《サイバネティクス》によるアイデンティティを考慮《こうりょ》した統計学のクラスタ、およびセンシング技術による加害者と被害者《ひがいしゃ》の五感を通し画像や音から攻撃《こうげき》の威力《いりょく》を推定した予測データ。推定の前処理として、画像データはダウンサンプリングする。音データと加速度データは短時間フーリエ変換《short-time Fourier transform》を用いて、画像フレーム、音データを統合し、全結合層を介して攻撃の威力を推定。といったところから、殺意という抽象《ちゅうしょう》的な概念《がいねん》を導き出しているのだろう。それができるからこそ成立するシステムだ」

えええ……。

僕は反応に困る。

脈絡《みゃくらく》もなくすごく難しいことを突然言われても意味がわからない。ＡＤや拡散回路がとんでもなく難しい仕組みであることは理解していたつもりだが専門用語を出されると、ちんぷんかんぷんだった。

「なんだ知らないのか」

男は首を捻《ひね》る。

「……ええ、なんのことだか」

答えて僕はしまったと思う。拡散回路が零である僕が私掠官《しりゃくかん》であることは庭国民なら知っている。僕の反応を見て、庭国が関係者以外に秘匿している情報を引き出そうとしているのかもしれない。

「まあいい。今回のテロでは数百人死者が出た」

と思ったのだけど。あれ？　テロについて知っている？

僕はそこでなんとなく、男がどんな人物なのかを察する。

現段階でテロの詳細《しょうさい》について知っている。おそらく庭国の関係者なのだろう。

「殺人が最も忌《い》まわしい罪だとされる理由は償《つぐな》うことができないからだった。だがいまや拡散回路で償うことができる。そもそも拡散回路が低い人間は高い人間を攻撃することすらできなくなった。拡散回路を持っているものに危害を加えようとすると、対象の数値分、拡散回路の数値が差し引かれるからだ。つまり、殺人は拡散回路の数値が　加害者 ＞ 被害者でないと成立し得ない。またこの動作は同じ人間同士の場合、複数回は起こらない。そうなっているはずだ。——だが、今回、死者が数百人も出てしまった。ヴァンダルシアも大量に破壊《はかい》された。立派な器物損壊《そんかい》だ。それなのにどうして容疑者は生きているのだろうか」

男は疑問を抱《いだ》いている、と言うよりは謎解《なぞと》きをしているような口ぶりだった。長いので要点をまとめると拡散回路分の犯罪行為《こうい》しかできないはずなのに、容疑者はどうして失楽者になっていないのか（拡散回路が零《ぜろ》になっていないのか）、そういうことだろう。

僕は答えを言う。

「……それがわからないのだから、これから調べるのでは？」

「そうだな」

男は納得《なっとく》してしまう。

僕はいまの時間を返せと毒づきたくなった。

と言うか、あんた誰だよ。

訊《き》こうと思ったが男は黙ってしまう。男はここから見える市街地に咲いているヴァンダルシアを見ていた。ヴァンダルシアはいつだって発光している。そんなものを見てなにがおもしろいのだろう。僕はうんざりしてポータルへと歩く。

「今日は、やけに静かだ。そうは思わないか」

僕が一歩踏《ふ》み出すと男はそう言った。

「少し話せないか。私掠官」

私掠官。

僕の拡散回路が零であることから、そう言ったのだろう。庭国民ならしっている。

「俺はオーウェルという」

オーウェル。

不思議な響《ひび》きだった。

「第二庭園の管理者をしていた」

第二庭園。

昨日、ヴァンダルシアが全焼《ぜんしょう》した庭園。

「第二庭園の管理者だったんですか？　あの失礼ですが制服は……？」

庭国の関係者は仕事中は制服の着用を義務づけられているはずだ。

「ああ、今回の件で罷免《ひめん》されたんだよ。今日から無職だ」

さらりと言われる。笑っているが目が死んでいた。……そりゃ道ばたで独り言を漏《も》らしたくなる。

「それは……大変でしたね。大丈夫《だいじょうぶ》ですよ。まだ時間はあるんで」

僕はあっさりと了承《りょうしょう》した。

高い数値の拡散回路。

テロについての詳細——関係者である証明。

全焼した第二庭園の管理者が来ていても、なんら不自然はない。

目の前の男が関係者であることに、疑う余地がなかった。

だけど、少しは疑うべきだったのかもしれない。

まさか目の前の人間が、拘束《こうそく》されたはずの容疑者だとは思いもよらなかった。

◆　◆　◆

僕はさっそく後悔《こうかい》した。

人気のないポータル前。オーウェルさんはでかでかと椅子《いす》と机をＡＤから出して不自然なカフェができあがった。

「たまにはこうして若者と語りたくてね」

……こんな道ばたでいいのだろうか。どうしてこんなことをする人の拡散回路が高いのか、僕は不思議で仕方がなかった。

「ここは案外眺《なが》めがいい。サイファレンスは街をよくみている。利用者数、性別、訪問時間、滞在《たいざい》時間。昏《くら》ければ照明を足す。実に単純だが、街づくりにおいては重要なことだ」

くつろいでいるオーウェルさんを呆然《ぼうぜん》と突《つ》っ立って見ていた僕は座る。ＡＤのパーソナルスペースはこのように使うのが正しいのだろうか。

「若いな。ずいぶんと若い。若いやつは死ににくそうだから好きだ」

なにやら物騒《ぶっそう》な好意を向けられる。

「……ほんの数分ですが……失礼します。これから容疑者を尋問《じんもん》するので、なにか容疑者についてしっていることがあれば教えてほしいのですが」

「そんなことはどうでもいい」

オーウェルさんは、なぜか少し笑ったあと、心底どうでもよさそうに言った。

「……零か」

僕の数値を見てオーウェルさんはつぶやく。表情は変わらなかった。

「教えてくれよ。拡散回路を持たないってのはどんな気分なんだ」

「……どういうことですか」

持っていないのが僕にとって普通《ふつう》なので、どうとも思わないのだが。

「俺たち庭国民にとって拡散回路は生きる意味だ。拡散回路が上がれば、賞賛されるし、責任が生じる。失うことが怖《こわ》くなる。大人というものは、数字が好きだからな。つながりがあるから人間は生きるし、生きなければならないと感じている」

庭国民が拡散回路を上げる理由。

それが生きる意味だから、とオーウェルさんは言う。

「みんな死にたくないんだよ。数値ばかり気にしてる。殺されたくないんだよ」

失楽者にならないためだけではなく、当然、自衛にもなる。

オーウェルさんは続ける。

「だから拡散回路を上げようと躍起《やっき》になっている。サイファレンスの監視《かんし》下で、自分の身を自分で守ることにしたのが拡散回路という制度だ。元はサイファレンスが不平等をより減らすために不平等を容認する、と言う制度だった。枠組《わくぐ》みはジャン＝ジャック・ルソーの『人間不平等起源論』を参考に作られた。ルソーの言う不平等は、言うなればカースト制のことで、数値が低い者は高い者に殺されても文句は言えない。拡散回路の高い者そのものが、人びとが国家を作る目的や自由を維持《いじ》することを脅《おびや》かすことになる。圧倒《あっとう》的な不平等だ。だが、カーストの頂点を素晴《すば》らしい人間、誰《だれ》からも愛され尊敬される、そんな豊かな人間性を持っている者にしてしまえば、不平等がより少ない社会ができあがる。それが当時のサイファレンスの予想だった。だがフタを開けてみればどうだ。拡散回路が高い人間は本当に素晴らしい人間なのだろうか」

僕は目の前でべらべら喋《しゃべ》っているオーウェルさんの拡散回路を見て説得力があるな、と思う。

「僕はサイファレンスじゃないからわからないですね」

だんだんと話がおかしな方向へといっている。僕は話を終わらせたくてテキトウに答えた。

「サイファレンスが好きな人物像ならわかるのだがな」

オーウェルさんはまだ続ける。

「サイファレンスはルソーが好きだ。直接民主制を採用しているのもまたルソーからだろう。ルソーは『人間不平等起源論』を書いたのと同時期に直接民主制の必要性を説いた。だがルソーのころと比べて、あまりにも人口が違《ちが》いすぎる。どれだけ技術が発展したとしても、とても成立するとは俺には思えない。たとえその判断が人の手を離《はな》れた現代だとしても不可能だろう。サイファレンスは決定的不平等だ。少数の声のでかい連中の意見しか拾えていない。声なき大衆《サイレントマジョリティ》は死ねと言っている」

声なき大衆《サイレントマジョリティ》か。

実際のところどうなのだろう。

庭国民はいまの制度に満足しているのだろうか。僕の勝手なイメージだが庭国は平和でまさに楽園のような場所だと思っていた。働かなくても飢《う》えず死ぬことはない。とにかく命が大切なものだと庭国民もサイファレンスもそう思っていて、医療《いりょう》も発達している。庭国民はそれを受けることができる。そして、社会として、成立している。楽園と呼べるに値《あたい》すると僕は思う。

だけど、僕が詳《くわ》しく知っている庭国民と言えばアーシュラさんとレイだけだ。二人だけで言えば比較的《ひかくてき》幸せだと思う。アーシュラさんは拡散回路の数値が示すように人生を謳歌《おうか》している（恋愛《れんあい》は駄目《だめ》なようだが）。レイは拡散回路の数値で言えば中の上くらいではあるが、料理だったり僕にちょっかいを出したりと割と楽しそうな印象だ。だが、二人だけでは尤度《ゆうど》が少なくて僕には判断できない。

「オーウェルさんは庭国での暮らしは楽しくないんですか」

僕はもう一人くらいはサンプルを増やそうと聞き込み調査する。

「ああ死にたいね」

「ええ……死にたいんですか」

平然と言われるので僕は驚《おどろ》く。罷免されてやけになっているのでは、と心配してしまう。

「命が大事にされすぎているからだな。だからこそ俺は死にたい。カリギュラ効果だったか、俺はやるなと言われたらやりたくなって仕方がない」

「なんか思考がテロリストみたいですね」

「うっくくく。あっはははははははははははははは」

オーウェルさんは大笑いする。

そんなにウケることだったかな？

いや、笑うしかなかったのかもしれない。オーウェルさんの立場を考えれば任されている庭園が全焼してクビになったのだ。もう笑うしかないだろう。

「……すみません。そろそろ時間みたいです」

僕は些細《ささい》な同情をして席を立つ。

ひどく疲《つか》れた。これから尋問だと思うとさらに疲れる。このまま帰りたかった。家ではまだ二人が言い争っているのだろうか。やっぱり帰りたくなかった。

オーウェルさんはまた市街地のヴァンダルシアを見つめている。

「なあ私掠官《しりやくかん》。ヴァンダルシアは好きか」

「嫌《きら》いですね」

僕が即答《そくとう》するとまたもや爆笑《ばくしよう》される。

なにがそんなにおかしいのだろう。

オーウェルさんは出した椅子やテーブル一式を片づけた。

「忠告するよ。私掠官。いますぐ庭園をすべて焼き払ったほうがいい。でないと恐ろしい数の人間が死ぬ」

「……意味がわかりませんよ」

普通、逆だろう。電力がないと困る人が多い。

オーウェルさんはもう僕の話を聞いていなかった。

「くくっ。やはり、わからないよな私掠官。光の中から闇《やみ》は見えない。だから、おまえにはわからないんだ。拡散回路に縛《しば》られたことのないおまえには」

静かな怒《いか》りが僕に向けられたのを感じた。

気づいたときには、それはもう目の前にあった。

——なにかが僕の身体《からだ》を貫《つらぬ》いた。

◆　◆　◆

直感的にこれはやばいと確信した。

視界が赤一色に染まる。目の前に流れた。いや落ちたと言ったほうが正しいか。大量にあふれた血液は自分のものだ。

だけど、思考は意外にもクリアだった。訓練通りすぐに止血帯を傷口に当てた。傷口がねじ切られるような痛みとともに血液が凝固《ぎょうこ》していくのがわかる。流血は止まった。身体から血液が出ていくと、どうしてこんなにも喉《のど》が渇《かわ》くのだろう。脱水症状《だっすいしょうじょう》を起こしたように視界がふらつく。立っているのも、やっとだ。

――攻撃《こうげき》を受けた。

自分の視界の外からの攻撃だった。いままで経験したことがない攻撃パターンだ。

＜先見の明《Computational Foresight》＞がまったく役に立たなかった。

「くっ、うくくくく」

僕を攻撃したオーウェルは笑う。

「わかる。わかるよ私掠官。目の前の暴力がどうして自分に降りかかるのかわからないんだろう？　そんな目だ。だからこそ、君はそれを知る前に俺に殺されるんだ」

オーウェルは手になにかを持っていた。

僕のＡＤが視界に映ったそれに警告を出している。重機械、近づいてはならないと。

オーウェルが持っているそれは、柄《つか》から先に刀身がなかった。代わりに細く不気味に輝《かがや》く細い鋼《はがね》の糸が伸《の》びていた。

「……∧鋼糸∨」

たしか本来なら人間は使えないコードのはずだ。だから重機械扱《あつか》いなわけか。それをなぜか目の前の人間が使っている。理論上、ＡＤに通せば使えるコードではあるだろうけど、入手する方法がない。なんらかの不正な方法で入手したのだろう。

考えている間にも、オーウェルは∧鋼糸∨を振《ふ》るう。

反応が遅《おく》れて僕は寸前で避《よ》ける。さっきまで自分のいた場所が更地《さらち》になっていく。

まともに食《く》らえばおしまいだ。さっきかすっただけで死にかけた。内臓を損傷しなかったのは不幸中の幸いだった。もう止血帯は持っていない。次はない。

「なめるな！」

僕も剣《けん》を∧再生《regeneration》∨して反撃《はんげき》に出るが軽くいなされる。あの∧鋼糸∨、想像以上に厄介《やっかい》だ。剣だとリーチが違《ちが》いすぎる。

思考が揺《ゆ》らぐ。

——まずい。

それに傷が思った以上に深かったのか。身体が思うように動いてくれない。息が上がる。喉が渇く。

「いいぞ！　もっとこい！　殺すつもりで！」

そうはいいながらもオーウェルは冷静だった。

僕の限界が近いことを悟《さと》ったのか、近づかせてくれない。オーウェルは持久戦に構えた。

決して決定打を与《あた》えない。無理やり攻撃を加えるのではなく、一撃を加えて一度引く。

体力を削《けず》りに来ている。

だからと言って焦《あせ》って無理やり踏《ふ》み込めば、やられるのは僕だろう。相手の力量は僕より上だ。おそらくだが万全《ばんぜん》の状態で戦っても勝率は五分には届かないだろう。

「ダメだな。そんな剣じゃ、俺には届かない」

「くそっ！　くそっ！」

安い挑発《ちょうはつ》だと理解していても、身体が熱くなる。

——こんなところで。

こんなところで、殺されてたまるか。まだ僕は誰も救えちゃいない。ここで終わってたまるか。

〈鋼糸〉が地面をえぐる。コンクリートが粉々になって砂埃《すなぼこり》が遮《さえぎ》った。

――まずい、視界が悪い。

音だ。

音で気配を読むんだ。

すぐに思考のみでＡＤの設定をいじって、集音を上げる。

――これで。

「君の存在など、取るに足らないのだよ」

僕は反射的に声の方を見てしまった。

「だから、理不尽《りふじん》に殺される。強い者に弱者は屠《ほふ》られる」

そこにオーウェルはいた。

――そして、この瞬間《しゅんかん》に僕の敗北が決定した。

「いつの時代も科学力の差で勝敗がつく。君の敗因はその力量を見極《みきわ》められなかったこと。勉強になったな。来世で役立てるといい」

背後からコンクリートの剝《は》がれる音がした。どこでもない、地面から〈鋼糸〉が僕の身体を突《つ》き刺《さ》そうとしていた。

「しまっ——」

気がついたときには、もう遅《おそ》かった。

寸前、〈鋼糸〉が目の前に見えた。

〈先見の明《Computational Foresight》〉が僕の死を予言する。

終わった。

避けようのない死が、数秒後に迫《せま》っていた。

◆　◆　◆

血しぶきが舞《ま》った。

同時に風を切る音と、なにかが吹《ふ》き飛んだ音。

ただ、吹き飛んだのは僕の頭——ではなく。

——オーウェルの身体だった。

数十メートル先にオーウェルの身体が投げ出されていた。

なにが——なにが起こったんだ？

僕のすぐ近くで声がした。

「科学――がなに？」

僕は視線を上げる。

「――君は」

昨日、助けた少女が僕の前にいた。

少女は目線だけで僕を見た。

「やっぱ、こんなもやしが……そんなわけないよね。……あんた、たしかアオって言ったっけ。ちょっと下がってなさい。あとで話があるから」

そう言って少女はオーウェルに対峙《たいじ》する。

また、戦うつもりなのか？

まさか、さっきのはこの少女がやったのか。

「これはずいぶんとかわいらしいお客さんだ」口調は軽いがオーウェルは冷静に言う。

「お嬢《じょう》さん、いまのどうやっ――」

言い終える前に、少女がその場から消えた。しなやかな脚《あし》がオーウェルのみぞおちに刺さった。声も上げられないのだろう。再び地面に膝《ひざ》をついた。

「――どうやって？　愚問《ぐもん》ね。普通《ふつう》に近づいて蹴《け》り飛ばしただけよ。見えなかったの？」

強い。

僕は少女の動きを目で追うだけで精一杯《せいいっぱい》だった。圧倒《あっとう》している。

少女は地面に伏《ふ》せたオーウェルをみて、一瞬《いっしゅん》目を細めたあと、ナイフを〈再生《regeneration》〉した。

「……運が悪かったわね。あんたがどの立場にいるかわからないけど、あんたはここで殺すから」

「うくくく、あはははははは。殺す？　この俺を？　やれるものなら――」

また少女が消える。

物理法則を超《こ》えた人ならざる動きに、大気が悲鳴を上げた。

紅《あか》い血が中空に舞う。

それがオーウェルの血であるのは言うまでもなかった。

「……避けられるわけないじゃない。この時代と神経系の伝達速度に7倍以上差があるんだから」

首をナイフで掻《か》き切った。

傍目《はため》では絶対に立ち上がれない、必死の一撃だった。

「……しぶといわね」

だが、首を切られてもなお、オーウェルは立ち上がった。

「うっくくく……これはとんだイレギュラーだ。規格外だよ」

自らの首に∧鋼糸∨を巻き付けて致命傷《ちめいしょう》は防いでいた。派手にやられながらもオーウエルは笑っていた。ふらついて少女から後ずさりする。逃《に》げるつもりだ。

「手応《てごた》えがないと思った。けどそんな状態で、あたしから逃げられると思っているの？」

「誰《だれ》も俺を止めることはできない。サイファレンスにも、お嬢さんにも」

オーウェルが離《はな》れると、少女も一気に距離《きょり》を詰《つ》める。

が、急速に∧鋼糸∨が伸びた。地面に刺さってオーウェルの身体《からだ》を投げ出すように距離を離す。

やがてコンクリートを苗床《なえどこ》に、まるで蜘蛛《くも》の糸のように、一本の糸が空に伸びる。

鋼糸は空中に伸びていく、オーウェルは——空にいた。

僕はその意図をやっと理解する。

「時間を稼《かせ》いでも無駄《むだ》よ！」

少女はオーウェルが伸ばした∧鋼糸∨をナイフで断《た》ち切ろうとする。

——いや、それじゃダメだ。

時間を稼いでいるわけじゃない。

聞いたことがある。転移不可領域が設けられている場所は通行量が多いからだ。万が一に起こる座標ずれを防止するためだと。

——だから、上空なら転移不可領域にする必要はないのではないか。

空中にいたオーウェルは消えた。＜転移＞が成功したのだ。

「消えた……サーカスみたいなやつね」

汗《あせ》一つかかずに少女は鼻で息を吐《は》いた。

強い。強すぎる。

何者なんだ。この子は。

少女と目が合った。さっきまでの殺気に満ちていた様子ではなく、キョトンとかわいい顔で僕を見ている。

「あ、ありがとう。……助かったよ」

僕がお礼を言うと、かあっと少女の顔が赤くなった。

「ち、違うわよ！　助けたんじゃないから！　借りを返しただけ！」

そこまで否定しなくてもいいのに、と僕は思う。

「いやでも本当に助かっ……たよ。ありがとう。君に助けてもらえなかったら……危なかった。終わってしまうかと思った」

「…………っ！」

僕が素直《すなお》にお礼を言うと、なぜか少女はばつの悪そうな顔をする。

「あ、あたしもその……あ、あんたに一方的にお礼言われてもあれだから……あたしも……その、一応言っとく。……昨日、あんたに助けてもらえなかったら危なかったわ。間違《まちが》いなく庭国の人間に捕《つか》まっていた。……それに関しては感謝してる」

後半は恥《は》ずかしそうにもじもじと小さい声で少女は感謝を述べた。

なんだ。案外、かわいいところあるじゃんか。

「……あはは。一応、僕も庭国の人間だから……案外……間違ってはいない……か……な……」

——あれ？

「ちょっとっ！」

視界がぐらつく。

倒《たお》れそうになったところを少女に支えられた。

「あれっ……おかしい……な」

太陽が落ちたように、視界が昏《くら》くなる。

そのまま僕は意識を失った。

◆　◆　◆

パッと目を開けると、知っている天井《てんじょう》が映った。すぐにそこが自宅だとわかった。

やわらかいベッドの上で僕は目覚める。自分のベッドのはずなのに、いい匂《にお》いがした。

昨日、一日中女の子が寝《ね》ていたからだろうと、僕は推測する。ずっと嗅《か》いでいたいと思った。……ってなに変なことを想像しているのだろう。僕はヘンタイではないのだ。ヘンタイではないはずだ。健全な男子であるなら、これはとても自然な行動であるはずだ。すごく自然。僕はいま一度、布団《ふとん》に顔をうずめた。

「――起きた？」

ガバッと勢いよく顔を出した。

「えっどうしたの？　急に」

少女が僕を怪訝《けげん》な目で見ていた。

「な、なんでもないです！」

ごまかして急に頭が冷静になる。さっきまでの記憶《きおく》がよみがえっていく。

「そうか――僕は」

オーウェルに襲《おそ》われて、目の前にいる彼女に助けられたのだ。

時刻を確認《かくにん》する。29日の夕方だった。5時間近く意識を失っていたらしい。

「……ありがとう。介抱《かいほう》してくれたんだね」

「あ、あたしは連れてきただけだから」

ADの生体反応を見る限り家には僕を含《ふく》めて三人いる。おそらく後のことはレイがやってくれたのだろう。

「……それより通知めちゃくちゃきてたわよ」

「うわっ本当だ」

アーシュラさんからものすごい数の連絡《れんらく》がきていた。すっかり、心配させていたようだ。すぐに無事であることだけを報告しておいた。

そのまま僕はニュースを確認する。話題は、やはり昨日のテロで一杯《いっぱい》だった。燃やされた第二庭園。拘束《こうそく》した容疑者。他《ほか》にも僕も知らない情報がたくさんある。

僕を襲ったオーウェルという男が何者であるかを知った。

「……テロリスト」

あの男が第二庭園を燃やしたテロリストだったんだ。

どういうわけかわからないが、あの男は拡散回路の影響《えいきょう》を受けない。

サイファレンスが公開したオーウェルの顔写真が画面に映った。心的外傷性が排除《はいじょ》されたおおよその情報が世間に公開されていた。燃やされた第二庭園。現場に残された『two and two make five』という謎《なぞ》のメッセージ。それを見たニュースコメント欄《らん》には、さまざまな憶測《おくそく》が流れていた。第二庭園の全焼《ぜんしょう》とその被害《ひがい》情報、被害者を悔《く》やむ声。サイファレンスの監視網《かんしもう》を破った方法に興味を示すもの、中には堂々と施設《しせつ》から逃げ出して警備ドローンを屠《ほふ》るオーウェルの映像を見て、これはカリスマだの、神だのと、たたえるものもいた。

だが、意外にも容疑者を逃がしたサイファレンスの警備を非難する声は少なかった。むしろ、突破《とつぱ》したオーウェルを素晴《すば》らしいと賞賛する声が多かった。サイファレンスを欺《あざむ》けるなんてたいしたやつだ。そんな余裕《よゆう》を感じさせながら、どうせすぐに捕まってしまうだろうせいぜいがんばれよと、ある種のお祭りのようになっていた。

庭国民はサイファレンスを信頼《しんらい》しすぎている。

そして、それ関連のまとめの記事が一つ。

ジョージ・オーウェル。

界隈《かいわい》では伝説と呼ばれるＳＦ作家の名前があった。

代表作は『一九八四年』、『動物農場』。その作風は閉鎖《へいさ》的社会、ディストピアをテーマとしたものが多く、全体主義の危険性を批判するものだったそうだ。現場に残された『two and two make five』も作中に出てくる言葉のようだった。

記事の内容は容疑者がオーウェルを名乗っているのはサイファレンスに警鐘《けいしょう》を鳴らしているのではないか、そういう内容だった。

容疑者オーウェルは偽名《ぎめい》なのだろう。偶然《ぐうぜん》とは思えない。明らかに意識しているだろう。個人認証コードまで偽造できるとは普通《ふつう》思えないが、あの男がしていることを考えると、できてもおかしくはない。

だけど、あいつの拡散回路の高さから、足がついておかしくはないはず……。とおもったのだけど、見つかっていないようだった。画像データから参照《リファレンス》すればどっかに引っかかりそうなものなのだが。いや、数値さえ偽造できるのだとしたら――

じぃっと視線を感じた。少女がこっちを見ていた。僕が気がついて、視線が合うと少女は露骨《ろこつ》にそらした。

もしかして、僕になにか用があるのだろうか。僕は少女に向き直る。

「……改めまして、さっきは助けてくれて、本当にありがとう」

僕がそう言うと、目線だけ一度こっちに向いたあと、すぐにそっぽを向かれる。

まだ警戒《けいかい》されている……そう思ったのだけど、少し間があいて少女はチラッと僕と視線を合わせた。

「……モア。あたしはモア」

「そうか、モアって言うんだ」

短くて覚えやすいなと僕は思った。とりあえず謎の少女というラベリングからは卒業だ。

「なに？　へん？」

僕の表情がほころんでいたことを、モアは不審《ふしん》がった。

「いや、やっと名前教えてもらえたなと思って」

「ふ、ふん。そんなこと気にしてたんだ」

露骨に視線をそらされる。気味がられてしまったようだ。

僕はモアに助けられたときのことを思い出す。

「驚《おどろ》いたよ。モアはめちゃくちゃ強いんだね」

「…………」

モアはわずかに反応すると、「別に普通よ。普通」と照れくさそうに流した。テロリストを圧倒《あっとう》していた。ほれぼれする強さだった。

僕にもあれだけの力があれば——

「あっそう言えば助けてくれたとき、僕に話があるって言ってたよね？」

すっかり忘れていたが、モアは僕にそう言ったはずだ。多分、さっきこっちを見ていたのもそれだろう。

モアは小さく息を吐いて言った。

「目覚めたときから疑問に思っていたんだけど……なんで、あたしのこと助けたの？　レイから聞いたわ。あなたは私掠官《しりやくかん》で、庭園の警護《けいご》が仕事だって。あんたからしたら、あたしは正体不明の侵入者《しんにゆう》でしかなかったはずよ」

「……いやそれはだって、モアは怪我《けが》してたし……なにか事情があって庭園にいたのかと思って……」

それに、と僕は続ける。

「うまく言えないけど。モアからは僕と似たような雰囲気《ふんいき》を感じたんだ。なんか同類と言うか。……ってあれ、なに言ってんだろ……」

自分で言って気恥《きは》ずかしくなる。まったく合理的な説明ではない。

モアは、キョトンとしていた。

でも、怒《おこ》っているわけではなさそうだった。

「ふーん。まあいいわ。この際、庭国の関係者なら、あんたが救世主かどうかなんてどうでもいいか」

……救世主？　何を言っているのだろう。モアは椅子《いす》に深く座り直した。

「まず驚かないで聞いてほしいの」

モアは一般《いっぱん》人が立ち入れない庭園で倒れていた。やはり、なにか事情があるのだろう。

「それから、これから話すことは、あたしの許可なしに誰《だれ》かに言わないでほしいの。約束できる？」

「ええ？　あっ、うん」

僕はうなずいた。いまさら拒否《きょひ》する理由もなかった。

モアは一度大きく息をはいたあと、不意に姿勢を正して言った。

「――あたしはいまから20年後の未来。

二二〇四年八月二十八日木曜日十二時五十二分四十二秒。地球が一兆六千八百一億一千六百三十万五千二百三十五回転した時からここにやって来たの」

◆　◆　◆

20年後の未来——未来人？

まさか、そんなことって……本当にこんなことが。

「あんまり驚かないのね」

驚きすぎて呆然《ぼうぜん》としていた僕はモアにそう言われる。

「いや、驚いているよ！　驚いてるんだけど……」

僕が驚いている感情をどう形容しようか悩《なや》んでいると、自室の扉《とびら》が開いた。

「アオ！」

レイが珍《めずら》しく声を上げて僕に走って近づいてきた。

レイにも心配をかけてしまったようだ。

レイは止まることなく僕に近づく。

って、えっ近くない？

そのまま——

「ぶっ——!?」

唇《くちびる》を重ねられた。

「むぅ——!?」

僕はとっさに抵抗《ていこう》を試みるが首の後ろに手を回され放してくれない。レイの舌が口内に入ってきて、頭が惚《ほう》けてくる。

「――な、ななな、なななななな、なななななななななななななにゃにゃ！」

モアは顔を両手で覆《おお》いながらも、指の間から僕たちを見ていた。顔がゆでだこみたいに赤くなっていた。

「あ、あんたたち……人前でなんてハレンチな……」

「ぷはっ、そういうことなのよ」

レイは唇を離《はな》すと勝ち誇《ほこ》ったように言う。どういうことなのだろう。

「な、なにするんだよ！」

「これは不可抗力《ふかこうりょく》。とても自然な不可抗力なのよ」

僕がベッド上で後ずさりして言うと、ツンッとレイは僕から視線をそらす。

「……いまモアと大事な話をしていたのに、びっくりした……」

「……モア。そう。その女はモアと言うのね」

レイはジト目をモアに向ける。「な、なによ」とモアは戸惑《とまど》っている。

「レイいい加減にしてくれ。なんでモアのことをそんなに敵視するんだよ。僕をここに連れてきてくれたことは多分知ってるだろ？　命の恩人なんだ。喧嘩《けんか》するなとは言わないけど、ここは僕の家だ。ここでは、モアのことをぞんざいに扱《あつか》わないでくれ」

「そうね。それは一理あるわ。ごめんなさい」

思いのほかあっさりと謝る。

「もしさっき、そこの女から聞いた話通りなら、あなたがいなければアオは死んでいたかもしれない。その点に関しては感謝している」

……かなりトゲのある言い方だけど。

モアはめんどくさそうにため息をつく。

「……なんだか、すごく仕切り直しにくいんだけど」

「ごめん。……でも、お願いします」

「……あんたもめんどくさい女に絡《から》まれてるわね。まあいいわ。特定の状況下《じょうきょうか》なら口は堅《かた》そうだし」

モアは目を細めてレイを見た。

「そうね。あんたレイって言ったわね。いまから話すことは他言無用でお願いできる？できないなら出ていってもらうわ。あたしとアオの二人だけの話にする」

「出ていかない。聞かせてほしい」

「庭国に関する重要な情報を話す。知ったら最悪、死ぬことになるかも」

「……あなた庭国の関係者なの？」

「その質問には、いまは答えられない。出ていくか、話を聞くか選んで」

当然レイは部屋から出て行かない。

なんだろう。モアはわざとレイに話を聞かせようとしているように感じた。

「決まりね」

こう言えばレイは出て行かないだろうと、言葉を選んでいる。

「あっやっぱり、ちょっとタンマ！」

僕とレイの間に入ると、レイの手を引っ張る。

「なに？」

「いいからっ！」

僕から離れた部屋の隅《すみ》に連れて行かれた。

「……わたしはアオの近くがいいわ」

「ダメっ！　さっきみたいにイチャイチャされたらなんか嫌《いや》だからっ！」

「…………」

レイはぐぬぬといった表情でしぶしぶ従った。今回はモアに会話の主導権がある以上、従わざるを得ないのだろう。

モアは僕とレイの中間に立って仕切り直す。

「あたしは、いまから20年後の未来。二二〇四年八月二十八日木曜日十二時五十二分四十二秒。地球が一兆六千八百一億一千六百三十万五千二百三十五回転した時からこの時代にやってきた」

聞いて、レイは目を見開く。

僕も改めて聞いても、やはり衝撃《しょうげき》的な事実だった。

＜転移＞が不可能な庭園への侵入。拡散回路のエラー。高い戦闘《せんとう》能力。

要素としてはたしかにつながっている。モアが未来人である可能性は高い。

レイはモアを指さして言った。

「……まず、あなたが未来人である証拠《しょうこ》。それがないと話にならない」

「わかったわ」

そう言われることを想定していたのだろう。モアは目を伏《ふ》せて答えた。

「証拠よ」

モアはＡＤの仮想デバイス画面を＜共有＞して僕たちにも見られるようにする。

「あたしのＡＤはサイファレンス以外の人工知能で動いている。庭国では拡散回路の問題上、ＡＤに搭載《とうさい》する人工知能はサイファレンスって決まっているはずよね？」

その通りだ。庭国ではサイファレンス以外の人工知能はＡＤに搭載できない。オフラインでも拡散回路を正しく処理するためだ。画面に映ったモアのオペレーティングシステムは聞いたこともない名前だった。

そうか――やっぱり、本当に。

目の前にいる少女は本当に未来人なのだ。

「偽造《ぎぞう》じゃない……どうやら、本物……みたいね」

レイは画面を見て納得《なっとく》する。納得せざるを得なかった。

「レイには信じてもらえたみたいだけど、アオもそれでいいかしら？」

「……そうだね。僕もそれで大丈夫《だいじょうぶ》だよ。モアが本物であることは、あの戦闘を見ればわかる」

僕を助けたときモアの強さを見た。強すぎたくらいだ。相手が武器ではないものを使っている以上、〈先見の明《Computational Foresight》〉は働かないはず。お互《たが》いにＡＤの身体能力、神経系の向上のみで戦闘をしていたはずなのに、モアは相手を寄せ付けない強さだった。

「ＡＤが《それ》関《かか》わっているんだね」

「そうね。20年経《た》てば科学も進歩するわ。まあ、あたしが強すぎることもあるけど」

少し誇らしげにモアは言う。

傍目《はため》からでは、実際にどれくらいＡＤの恩恵《おんけい》を受けているかわからないけど、多分モアが強いのは本当だろう。なんとなくそう思った。

「あたしが正体を明かしたのは、他《ほか》でもないわ」

モアは続ける。

「アオ、あなたに協力してほしいからなの」

「僕に？」

「単刀直入に言う。あたしがこの時代――２１８４年に来た目的は、庭国の崩壊《ほうかい》を阻止《そし》するため」

庭国の――崩壊？　崩壊ってその通りの意味だよな？

レイはすぐに口を開いた。

「庭国が――この楽園が20年後の未来では滅《ほろ》びてるって言うの？　……そんな馬鹿《ばか》な話を信じろって？」

「本当よ。庭国はたしかに滅びる。２１８４年、今年にね」

「なっ――」

思わず僕とレイは声を揃《そろ》える。

今年。たった一年で。こんなにも栄えていた文明が終わってしまう。

――そんなに急速に滅びるものなのか？

「嘘《うそ》じゃないわ。今年で滅びることになっているからこそ、あたしが止めに来る動機にもなるわけだしね」

「……原因はなんなの？」

滅びるということ、それを止められるということは、原因があるはずだ。

「2184年にはテロリストが現れるの。とんでもないやつがね」

——テロリスト。

レイはハッと気がついた顔になる。

「……ニュースになっていたやつね」

「僕を襲《おそ》ったやつだ」

「そう。あいつがどういう立ち位置なのかはしらないけど関わっていることは間違《まちが》いないわ。庭国を滅ぼしたテロについて調べていたときにあいつの顔があった。あたしがアオに協力を持ちかけるのは、庭国の関係者だからよ。庭国滅亡《めつぼう》を止めるために協力してほしい。未来では、2184年の情報は忌《い》まわしき過去として情報規制されているけど、あたしはおおざっぱになら史実をしっている。テロリストの動きはある程度なら読むことができるわ。絶対に役に立つ自信がある」

なるほど。だんだん話が見えてきた。テロは昨日から始まった。モアが未来から昨日を選んで来たのもそれが理由だろう。そして、時間遡行《そこう》を利用したカンニングで、テロを阻止するつもりでいる。未来人の特権というわけだ。

「それは心強いね。だけど、そんなことするくらいなら、いちいち僕を介《かい》さなくても、直接、庭国に言えばいいんじゃないの？」

「もっともな意見ね。だけど、あたしは庭国側に居たくないの。できるだけ正体を隠《かく》しておきたい」

「協力したいのに？」

「そうね。端的《たんてき》に言うとあたしは庭国のことを信頼《しんらい》していないのよ」

「……信頼していない？」

庭国を救いたいが、庭国側にはいたくない。なんだかちぐはぐに感じた。

僕をかませる理由は、要するに庭国に正体を知られたくないってことだよな。さっきモアは未来では庭国はいまわしき過去として扱われていると言っていた。それが関係している？

……いや、それだとモアはなんで庭国を救おうとしているんだろう。

「ええ、信頼できないわ。サ、イ、フ、ァ、レ、ン、ス、は、人、間、な、ん、て、ど、う、と、も、思、っ、て、い、な、い」

自明であることを言うようにモアが口にすると、レイは音をたてて立ち上がった。

「そんなことない！　サイファレンスは、わたし達庭国民に尽《つ》くしている。命が大切にされすぎているくらいに！」

「ちょっ、ちょっと、レイ落ち着きなよ……」

僕は思わず目を丸くした。レイがこんなにも声を荒《あら》げるのを初めて見た。

命が大切にされすぎている、僕も庭国を生活する上で、感じていたことだった。

そして、僕はそれに嫌悪感《けんおかん》を持っていた。

——ああ死にたいね。

ふと、オーウェルの言葉が頭の中をよぎった。

「レイ、『命が大切にされている』＝《イコール》『人間のためを思っている』とはなり得ないのよ。むしろ、そうやってバイアスをかけることがサイファレンスの目的。人間に『サイファレンスは人間のために尽くしている』と思わせるためにね」

モアは、レイをたしなめるように言った。

「……そんなこと、どうとでも言える。わたしにはそうとは思えない」

生まれてからずっと庭国で生活してきたレイはそう思うだろう、と僕は思った。

「そうね。これから何が起こるか。——いや、もうなにがこの世界で起きているか。一度、説明したほうが良さそうね」

僕とレイは息を呑《の》んだ。

だって、モアの言い方は――

もう取り返しのつかない出来事が起きている。そんな風に聞こえたからだ。

◆　◆　◆

「2184年にどうして庭国は滅びたか。テロリストはどうやって庭国を崩壊させることに成功したのか。テロリストは確実に庭国を滅ぼす計画を立てた」

確実に庭国を滅ぼす計画か。

「そんなことできるの？」

少し頭を捻《ひね》ってみるが、僕には思いつきそうにもなかった。

「そう思うわよね。あたしもそう思った。普通《ふつう》に考えれば現実的じゃない。だから、テロリストは庭国を崩壊させる作戦の成功率を上げようとしたの。単純に数を増やして確率を上げた。テロリストはそれだけで庭国――いや世界が滅びるかもしれない計画を複数同時に行ったの。妨害《ぼうがい》されても、どれか一つでも最後まで遂行できれば庭国を滅ぼすことができると考えた」

息を呑む。恐《おそ》ろしいことを考えるやつがいたもんだ。

普通じゃない。なにか動機があって、庭国を滅ぼそうとする。そこまでは僕でもまだわかる。だけど、一つでも成功すれば庭国が滅びる計画を複数計画し、やってのける。これはもう狂《くる》っているとしか思えなかった。異常なまでの庭国に対する恨《うら》み。計画を用意するための行動力と頭脳。どうしてそこまでできる能力を持った人間がそんなことをしなければならなかったのか。その事実が僕には怖《こわ》かった。

「……それで庭国が崩壊した未来になったんだね。計画のどれか一つを止めることができなかった」

「そうよ。でも本当なら計画はすべて阻止できたはず――だったの。たしかに阻止できたはずだった。だけど、庭国は滅びてしまった。救世主の力があれば止めることができたはずなのに」

――救世主。さっきモアがぽつりと口にしていた言葉だ。

「救世主って誰《だれ》」レイがジト目で抗議《こうぎ》する。

「それくらいはなんとなくわかってよ」モアは唇《くちびる》をとがらせる。「テロリストの計画をすべて止めることができたとされる救世主がいたらしいのよ」

「いた『らしい』ってのは？」

ずいぶんとあやふやな言い方だ。

「……あたしも詳《くわ》しく調べたんだけど、救世主の存在については噂《うわさ》半分なのよ。未来では庭国についての情報は規制されている。あなたたちには信じがたいことかもしれないけど、未来では庭国は繰《く》り返してはならない忌まわしき過去って扱《あつか》いだから情報が少ないの。特になぜか救世主だけは。だから……あんまり断言できないって言うか……あたしもあんまり信じていない。そのとき生まれてないし」

「そう言えばモアって何歳なの？」

ふと気になって僕は訊《き》いてみる。

「15ね。今年で16かしら」

「わたし達と同い年なわけね」

レイがまとめると、レイの視線が明らかにモアの胸元《むなもと》を見た。

「ふっ」

「ちょっと！　なんであたしの胸を見て鼻で笑ったのよっ！」

「別に。健康的だと思っただけ」

レイは強調するように自分の胸を張る。

「〜〜〜！」

モアは自分の胸とレイの胸を交互《こうご》に見て、明らかに気にしている様子だった。それを見てレイは勝ち誇《ほこ》る。

「それに、未来では過去についての情報が少ないそうだけど、そんなのであなたは本当にテロリストの行動が予想できるの？」

「い、痛い所を突《つ》いてくるわね。嫌《いや》な女！」

モアはここにきてはじめてレイに言い負かされる。

「でも、少なくともいないよりはマシだと思うわ。あ、あたし役に立つから！」

モアはなぜか僕に向かって言う。なにも言ってないのに。僕たちに限って言えば、モアから未来の情報を聞けるだけで十分すぎるほど役に立っている。それにモアは強いから戦力として十分に役に立つはずだ。

「でも、そのいるかもしれない救世主とモアが協力すれば、今度こそ庭国の崩壊を止められるわけだね」

救世主の存在がいるかどうかは不明だけど、モアが庭国の味方であることはたしかだ。

さっき、庭国に自分の情報を知られたくないと言っていたけど、別にたいしたことじゃないだろう。僕がうまく仲介役《ちゅうかいやく》になれば、モアが待っている情報は絶対に役に立つ。

「そうだ。救世主って特徴《とくちょう》とかないの？　もしかしたら僕が知っている人だったりするかも」

「……特徴」視線をチラリと僕にやる。「特徴ねえ」ため息をつかれる。なぜだ。

「僕、なにか変なこと言った？」

「いいえなんでもないわ。やっぱそんなわけないわよね」

再び大きなため息。なんだろう。言いたいことがあれば言ってほしかった。

「特徴——というか。救世主だけが持っていたとされる能力ならあるわ。救世主は異常なまでの処理能力を持っていたの。正しく言うなら『平行世界にいる自分の処理能力を使うことができる』、と言ったほうがいいかしら」

「……それって、簡単に言うと量子コンピュータのことよね」

レイは驚《おどろ》く。驚きようからして、それがとてもえげつない能力だと僕にもわかった。

「量子コンピュータ……」

救世主は量子コンピュータと同じくらいの処理能力を持っていた。それはすごいことらしい。あれ？　でも、ADに使われているのも量子コンピュータじゃなかったっけ。それって本当にすごいんだろうか。比較《ひかく》対象が案外身近に転がっていたためすごさがよくわからない。

いや、人間がコンピュータと同じ処理能力を持っているだけで、すごいことはわかるんだけど、別にそれ人間がする必要があるのだろうか。初めからADに任せればすむ話なのでは。

――と、僕はその疑問を口にした。

すると、じいっと二人に見られる。視線が痛い。「なに言ってるのこいつ」とでも言いたそうな目をしている。

「うーん。なんて説明すればいいんだろ。量子コンピュータってのは量子ビットってのがあって……あらゆる結果が同時に伴《ともな》っている状態……二重スリット実験とかわかれば楽しいんだけど説明が面倒《めんどう》なのよね。有名なシュレディンガーの猫《ねこ》も……そうね」

モアは部屋を見渡《みわた》して、僕が普段《ふだん》筋トレで使っているエッグ型のハンドグリップを手に取った。

「これを目をつぶって耳を閉じた状態で、この部屋からあっちの部屋に投げ入れるとします」

「はい」

「目を開けるまで、投げたあれが、部屋のどこかに転がったかはわかりません」

「そうだね。見るまではどこにあったかわからない。ソファか机の上にあるかもしれないし、床《ゆか》に転がっているかも」

「そのどこにでもある可能性を利用したのが量子コンピュータです」

「ええ……」

あまりの話のぶっとびように僕は引いてしまう。

「う、うるさいわねっ！　文句あるなら自分で調べなさいよっ！　バカ！」

……自分から説明しといてそれはないのではないか。

でも、量子力学が並大抵《なみたいてい》の感覚で理解できないことはわかった。多分、正しく説明を聞いても僕にはわからないものだろう。

僕はごまかすために、大きく咳払《せきばら》いをした。

「まあ、要するに救世主って超能力《ちょうのうりょく》者かなんかってことなの？」

ちょっと引き気味で僕は言った。スーパーコンピュータより処理能力がある人間ってなんなのだ。

「……簡単に言うとそうなるのかしらね……まあいいわ」

モアは少し不満そうに言う。

「救世主は処理能力がとんでもない人間と考えてもらって差し支《つか》えないわ。でも処理能力が優《すぐ》れているからって案外使える箇所《かしょ》は限られると思うんだけどね。救世主はあくまで人間だから。『平行世界にいる自分の処理能力』を使えたとしても、自分が最善だと思った答えでしかなくて正解だとは限らないわけね。救世主の性格とか、もともと持った知能、とかからバイアスがかかる。うまく扱わないと処理能力の持ち腐《ぐさ》れね」

モアは難しく言っているけど、無限に考える時間を与《あた》えられても、答えが見つかるとは限らないということだろう。救世主が庭国の崩壊《ほうかい》を止められなかったのも、それが関《かか》わっているのかもしれない。

「話がそれたわね。救世主は庭国の崩壊を止めることができなかった。テロリストが用意した計画の一つ。『サイファレンスのハッキング、およびADを介した庭国民の殺人』をね」

――それを聞いて僕は恐ろしくなった。

もし、いまモアの言ったことが真実ならば。

「……ADを介した殺人？　それについては意味がわからない」

さすがのレイもこれには軽口で返せなかった。

何気なくAD《これ》をつけている僕たちは――

サイファレンスに心臓を握《にぎ》られていることになる。テロリストがサイファレンスをハッキングすることで、庭国民の命を脅かせるのだとしたら、現段階でサイファレンスがその立場にあるということだ。

「落ち着いて。言えば困惑《こんわく》されるとは思っていた。だけど、冷静になって考えてみて。拡散回路の数値の移動はセンシング技術の結晶《けっしょう》。それはいいわ。だけど、もしセンシング技術だけなら、あたし達が、瞳《ひとみ》を閉じて、耳を塞《ふさ》いで、呼吸を整えれば、なにをしているかわからないと思わない？」

モアは自分の頭を指した。

「サイファレンスが見ているのは、あたし達の脳よ」

すっと血の気が引いた。

「2204年で庭国が――サイファレンスが――忌《い》み嫌《きら》われている最大の理由よ。人類は、ただの計算機として扱っていたはずの人工知能に支配されていたんだから」

――サイファレンスは人間なんてどうとも思っていない。

僕は、さっきモアはそう言ったことを思い出した。

「でも、それは数値の移動に関してのみなんでしょ？　ADを使って僕たちを殺す方法なんて……」

「いいえ」レイは無表情で言う。「そんなもの、いくらでも方法はあるわ。たとえば〈転移〉とかね。わたしたちの座標をずらすだけで殺すことができる」

……なるほど〈転移〉か。

「そうね。いくらでも方法はある。だけど、テロリストがとった方法はもっと趣味《しゅみ》の悪いものだった。全庭国民を自殺させようとした」

　――全庭国民の自殺。

「……自殺。なるほどね」レイはすぐに気がついたみたいだった。「サイファレンス経由《けいゆ》でADには医療《いりょう》関連のプラグインもある」

「そう。医療を悪用すれば、わたし達を自殺するように仕向けることができる。庭国民が自ら喜んでインストールしたものを使って殺すことを考えたのよ。悪趣味《あくしゅみ》にもタナトス・コード《Thanatos code》なんて名前をつけてね」

　死への欲動《タナトス》。頭の中で庭国の人々が集団自殺する光景がめぐった。

「ADの仕組みはわかったよ。……このままだと庭国民は全員、殺されてしまうの？」

「いいえ。そうはならなかった。救世主は、その演算能力を使ってサイファレンスのハッキングを解いた。だけど、サ、イ、フ、ァ、レ、ン、ス、は、シ、ス、テ、ム、ダ、ウ、ン、し、庭、国、は、崩、壊、し、た」

　――それはどういう。

「救世主なら止められるはずだった。それだけの力を持っていたはずだった。でも救世主は止めることができなかった」

　モアの言葉には、憤《いきどお》りのようなものを感じた。

モアが怒《おこ》るのはわかる。救世主の行動はちぐはぐだ。それだけの力を持っていながら、サイファレンスのシステムダウンも防がなかった。

——救世主はどうして、庭国の崩壊を防がなかったのだろう。

「それでも未来では救世主はその名の通り敬服されてる。救世主がいなければ今でも人工知能に支配されていたってね。——だけど、あたしは救世主なんて呼ぶのはおこがましいと思っているわ。結局止められなかった無能じゃない。そのせいで多くの人が死んだ。庭国崩壊後、サイファレンスとヴァンダルシアは二度と使われることはなかった」

「……ちょっと待ってほしい。サイファレンスはまだわかるわ。サイファレンスがなくなって庭国が崩壊すれば、拡散回路は成り立たなくなることは予想がつく。だけど、ヴァンダルシアはフリーエネルギーよ？　貴重な電力エネルギー、存在するだけでメリットがある。なくす意味がわからないわ」

たしかにそうだ。庭国での生活に電力問題は切って離《はな》せない。庭国全土にわたる外部記《き》憶《おく》装置を冷やす冷却《れいきやく》プラントの維持《いじ》だけでもとてつもなく電力が必要なはずだ。

未来で庭国が忌まわしきものと扱《あつか》われているとして、ただの感情論で使わなくなるものなのか？

「使わなくなった理由は簡単よ。ヴァ、ァン、ダル、シア、が、フリ、ー、エ、ネ、ル、ギ、ー、ではな、い、から、に、他ならない、わ」

フリーエネルギーではないということ。

それは発電の際に、廃棄物《はいきぶつ》が出ると言うことだ。

火力発電が大量の二酸化炭素を、原子力発電が放射性廃棄物を出すように。

「でも庭国は、サイファレンスは化学修飾《しゅうしょく》を利用したフリーエネルギーだって……」

言葉を失っていたレイの代わりに僕は言った。

「それはサイファレンスがついた嘘《うそ》ね。廃棄物として毒を出している」

サイファレンスの嘘。

同時に僕はオーウェルの言葉を思い出す。

――いますぐ庭園をすべて焼き払《はら》ったほうがいい。でないと恐《おそ》ろしい数の人間が死ぬ。

まさか。本当に。

だとしたら、あいつはわかっていて。

「……毒ってなに？　ヴァンダルシアはなにを出しているの？」

「毒に関しては直ちに人体への影響《えいきょう》はないわ。サイファレンスも馬鹿《ばか》じゃない。ちゃんと対策をとっていたの。季節渡り《延命治療》の際に解毒剤《げどくざい》をあなた達に注入している」

――解毒剤。季節渡り《延命治療》とは、庭国民の定期検診《けんしん》みたいなものだ。僕たちはそんな話を聞かされていない。

「……いつからサイファレンスは……」

「詳細《しょうさい》はわかっていないけど拡散回路ができた——失楽園化計画のときから気づいていたんじゃないかって言われてるわ。失楽園化計画はもともと魂《たましい》の電子化が目的だったわけだから」

拡散回路の仕組みができた——庭国初期頃《ごろ》にはわかっていたんだ。

もし毒で肉体が滅《ほろ》んだとしても、魂は——と言うわけか。

モアがサイファレンスを信用していない理由がわかった気がした。なんらかの損得勘《かん》定《じょう》が動いて消されるかもしれない。未来人は貴重な情報源にもなるが、もし敵になれば危険だ。いま僕たちに話したように、モアが庭国民にこのことを話せばサイファレンスの信用に響《ひび》く。

——サイファレンスは人間なんてどうとも思っていない。

モアが言ったその言葉が、妙《みょう》に頭に残った。

◆　◆　◆

すっかり言葉を失ってしまった僕らに、モアはこう言った。

『一日あげる。その間に考えてほしい』

淡々《たんたん》とした声だった。説明口調であらかじめそう言おうと決めていたみたいだった。

『庭国崩壊を止めるためにあたしと協力してほしい』

明日、その答えを言う約束になった。

僕はソファに沈《しず》みこむように寝転《ねころ》がった。

額に手をつく。一気に情報が頭の中に入ってきて、ドッと疲《つか》れた。

だけど、整理してみると、今日モアから聞かされた話は、多くはないのだと思う。

<list:item>

<li> モアは、いまから20年先の未来、２２０４年から来た。

<li> モアが２１８４年に来た目的は今年起きる庭国の崩壊を止めるため。

<li> 庭国崩壊の原因はテロリストの作戦の一つである『サイファレンスのハッキング』。

<li> しかし、異常な処理能力を持った救世主がテロリストの作戦をすべて止めた。

<li> だけど、サイファレンスはなぜかシステムダウンし、庭国は崩壊した。

<li> ヴァンダルシアから汚染《おせん》物質が出ていることが判明。

<i>解毒の方法はサイファレンスだけが握っていた。
</list>

疲れた頭で、ＡＤで書き出したテキストを眺《なが》める。

……思ったより多かったわ。頭がこんがらがるわけだ。

――さて、アーシュラさんには庭園で拾った女の子について、報告しろと言われているけれど、どうしたものか。

『アーシュラさん！　昨日、僕が連れていた女の子ですけど、実は未来人で、しかもなんか今年、庭国が滅びるらしくて、それを止めるために救世主を探しているらしいです！　あと、なんかヴァンダルシアが発電する際、有害物質が出てるらしいですよ！』

……信じてくれないだろうな。ぶん殴《なぐ》られるわ。

アーシュラさんは庭園の管理者だ。僕なんかと比べものにならないほど、庭国のことを思っている。サイファレンスが庭国民にこのことを秘匿《ひとく》していると知れば、どうなってしまうのだろう。想像したくないし、言いたくもないし、怒られたくもない。

……多分、怒るんだろうなあ。

ため息をはいて、僕は通話をかけた。

「レイ、いま大丈夫《だいじょうぶ》かな？」

通話の相手はレイだ。今日、一緒《いっしょ》に話を聞いていたレイに相談しようと思った。

『……なに』

レイも疲れているらしく、眠《ねむ》たそうな声だった。あのあと帰ってすぐ寝《ね》たのかもしれない。ショックで、ふて寝でもしないとやっていけないだろう。

「大丈夫？　疲れているならまた明日にするけど」

『別に平気よ。……わたしは、』

静かに耳元でささやくような声は、いつもより声色《こわいろ》が昏《くら》い。

信じていた秩序《ちつじょ》が嘘だったとき、人はどんなことを思うのだろう。

「率直《そっちょく》に訊くけど、今日、モアの話を聞いてどう思った？」

『あの未来人……モアはおそらく本物。……言っていることも』

僕も同感だった。モアのＡＤに搭載《とうさい》されているオペレーティングシステムはサイファレンスじゃないことも含《ふく》めて、僕はモアが本当のことを言っていると確信していた。

「どうしてそう思った？」

でも、レイが信じた根拠《こんきょ》を聞きたくて、僕はそう返した。

『あの女のことを褒《ほ》めるのは癪《しゃく》なのだけど、嘘は言っていないような気がした。フェアに感じたの。明らかにわたし達に話さなくていい情報まで教えてくれた。サイファレンスが隠《かく》していたこと……ヴァンダルシアについては普通《ふつう》言わない。庭国民であるわたし達に話せば反発される内容だったはずよ。わたしがあの女の立場なら絶対に言わない。説得に響くから。だけど、モアはそれをわかっていてわたし達に話した』

「そうだね。とてもフェアに感じた」

おそらくモアはそういう性格なのだ。都合のいいことだけで取り繕《つくろ》わない。正直に事実だけを話して僕に交渉《こうしょう》してきた。わざと庭国民であるレイが話を聞くように挑発《ちょうはつ》して、僕が第三者の意見を取り入れて考えられる状況《じょうきょう》を作った。しかもご丁寧《ていねい》に一日考える時間までくれている。これだけフェアなことがあるだろうか。

僕に関しては百パーセントと言ってもいいほどモアを信頼《しんらい》していた。モアは怒っているのだと思う。過去にサイファレンスが庭国民を騙《だま》していたことを。だからこそ、自分は嘘はつかない。フェアでありたいと思っているのではないか。

『ただ彼女に協力するべきかどうかは、わたしにはわからないわ。……もうわたしには、なにが正しいか自分で判断する自信がなくなってきた。わたしはずっと庭国で、サイファレンスや拡散回路のある状況下で暮らしてきたから』

「そうだね。僕ですらそう思っているよ。なにが正しいのかわからない。どうしていいか、わからない。だからこうしてレイに意見を聞こうかな、なんて思ってる」

ふと、僕は救世主ならどうするだろうと考える。

とてつもない処理能力を持った人間。存在するかどうかすら怪《あや》しい未来の英雄《えいゆう》。

「まだ本当によくわかっていないんだ。僕は一応、私掠官《しりやくかん》だし。庭国を守る立場になるから、モアと協力することになるのかなと思っている」

私掠官として庭国を守る。それは拡散回路の低い人間の助けになると信じてきたから続けてきたことだった。あの日、目の前で理不尽《りふじん》に踏《ふ》み潰《つぶ》される二人を見て誓《ちか》ったことだ。

――どうして、救世主は庭国の崩壊を止めなかったのだろう。

モアはテロリストが複数同時に庭国を滅ぼす計画を立てたと言っていた。救世主にそのほとんどが阻止《そし》されてしまったとも。救世主はテロリストの邪魔《じやま》をした。救世主に止める意志はあったんだ。だけど、サイファレンスだけはシステムダウンしてしまった。その結果、多くの人が死ぬことになった。

僕はこう考える。

もし救世主が救えなかったのではなく、救わなかったのだとしたら？

救世主の行動がちぐはぐに映る理由がそこにある気がした。

――だけど、救世主が救わなかった理由ってなんだ？

モアの話を聞いて思いついた理由が一つだけある。救世主はサイファレンスの——拡散回路の枠組《わくぐ》みを壊《こわ》すために、わざと救わなかったんじゃないか、そう僕は思った。

でも、そのせいで多くの人が犠牲になったのだとしたら——

救世主は本当に『救世主』と呼ばれるような人間だったのだろうか。

『……そう。アオがそう思うんなら、わたしはそれでいいと思う』

長い沈黙《ちんもく》に感じた。レイは僕の意見を肯定《こうてい》してくれる。

「……本当かな。未来人と協力して、もっと酷《ひど》い未来になるかも」

僕は自分の決断に自信が持てなかった。救世主の存在があやふやだし、聞く話によれば敵はめちゃくちゃなことをしてくる相手だ。一つの地獄《じごく》のような相手。

『昨日言った。アオが見て思ったことは、それはそれでいいんだよ。周りがどう反応しようともね』

レイの声は、もう落ち着いていた。普段《ふだん》、僕たちが二人で話しているときの、いつもの調子だ。

『たとえアオにセンスがなくて、モテなくてもね』

「……それは余計かな。モテないかもしれないけど——って、あっ！　そう言えば今日なんでいきなりキスなんか——」

プツンと音声が途切《とぎ》れる。

……通話を切られた。マイペースなやつ。

結局、自分で決めるしかないのだ。

協力するべきかどうか。

――突如《とつじょ》、自室のほうから物音がした。

自室にはモアがいる。さっきの通話で起こしてしまったのかもしれない。だとしたら謝りたいと思った。僕は自室の前に立って、ノックをしようとした。

――その手を止めた。

すすり泣きの音だった。

扉越《とびらご》しでも聞こえてくるくらいモアは泣いていた。嗚咽《おえつ》と空気を吸い込む音。なんとかしてその声を押し殺そうとしているようにも聞こえた。

――さっきまであんなに平気そうだったのに。

モアは、たった一人でこの時代に来た。

孤独《こどく》で、不安でたまらないはずなのに。

本当は、僕に協力してほしくてたまらないはずなのに、どうしてモアはこんなにも、まっすぐなのだろう。脅迫《きょうはく》めいたことを言って協力させることもできたはずなのに。

――いまのは聞かなかったことにしよう。

迷っていたのが馬鹿《ばか》みたいだ。

モアと協力しよう。

これは同情なのかもしれない。感情論なのかもしれない。合理的じゃないかもしれない。

でも、自分にできることをやるべきだ。

庭国は崩壊させない。絶対に。

< interlude / 2184 / 08 / 29 / 23 : 50 : 07 / 1680116297932 >

庭国はあまり居心地《いごこち》がいいとは言えなかった。

アホほどある冷却《れいきゃく》プラントのせいか、こんな季節なのに庭国の夜は涼《すず》しいと言うより寒くて憂鬱《ゆううつ》だった。あたしには、ちょっと慣れそうにない。ＡＤで体温調節できるけど、あんまり機械に頼《たよ》りたくなかった。古い考えだと理解はしていても、まだちょっと抵抗《ていこう》がある。掛《か》け布団《ぶとん》をたぐり寄せて、結果的にアオから奪《うば》ってしまったベッドで身体《からだ》を丸める。

あたしは運がいいのだと思う。助けられて、宿をゲットして、オマケに助けてくれたのは庭国の関係者だった。

まさか、このことを庭国民に話すことになるとは思っていなかった。

できるだけ、情報は与《あた》えたつもりだった。よくわからない女のレイも話にいれた。一日見てアオは流されやすそうなタイプだと思ったからだ。誰《だれ》かと相談できた方がいい。アオは庭国の関係者のくせに、立ち入り禁止の場所で倒《たお》れていたあたしのことを助けている。事情があると思ったとかなんとか言ってたけど、お人好《ひとよ》しにもほどがある。そのおかげであたしは助かったけど。

でも、アオが言っていた似たような雰囲気《ふんいき》、と言うのはあたしも感じていた。不思議なことだけど、あたしも自然とそう思ったのだ。アオとあたしはなにか近いものがあるような気がした。

レイを話に入れて意外だったのがあの女、思ったより頭がキレる。口下手なあたしの代わりに説明してくれて助かるところもあった。ちょっとムカついたけど。

「救世主か……」

あたしが掴《つか》んだわずかな救世主の情報は二つ、ある。

――平行世界にいる自分の処理能力を使うことができる。

――拡散回路が零《ぜろ》。

「……まさか、そんなわけないよね」

初めにアオを見たときは驚《おどろ》いた。拡散回路が零。まさか本当にそんな人間がいるなんて。庭国では拡散回路が零になってしまえば失楽園送りになる。それを知っていたからあたしは救世主の存在を信用していなかった。理論上あり得ないからだ。それなのになぜかアオは零だ。もしかしたら、本当に、そうなのかもしれないと思った。

でも、アオは拡散回路は零だったけど、救世主かどうか情報が少なすぎて、いまいち確信が持てなかった。アオに話してみても救世主の能力にもピンときていないようだった。すっとぼけているようには見えなかったし……能力があれば今日テロリストに襲《おそ》われたときに、どうとでもなったはずだ。あたしが助けなかったらアオは死んでいたかもしれない。

——それに。

元からあたしは一人でもテロを止めるつもりだったし、そのための準備をしてこの2184年に来ている。救世主がいたら頼る、という手もあるけどいるかどうかわからない相手に頼りたくない。不慮《ふりよ》の事故はあったけど、やれるだけのことは一人でもやるつもりだ。庭国は崩壊《ほうかい》させない。必ず。

そうすることで、あたしは——

ポタッと、水音がした。

あっ、あれ？

気がつくと、あたしは泣いていた。

一度泣いてしまうともうダメだった。止めようとしても、いろんな感情が押し寄せてきて堰《せき》を切ったかのように止まらない。

――なんでこんなにもつらいのに、あたしはここにいるのだろう。

そんな考えが頭の中をかすめた。だけど、すぐに打ち消す。

庭国を救うために危険を冒《おか》してまでこの時代に来た。

ここで過去を変えることでしか、あたしはあの人を救えない。

君と僕との世界再変《リ・ガーデン》

TIPS
02

<dictionary>

<word>**【量子エンタングルメント】**</word>

<description>

量子論では、世界は観測するまで確率でしか表すことができない。有名な『シュレディンガーの猫』を簡略化して説明する。猫を箱に入れて外から見えないようにする。箱には特殊な仕掛けがあって、それが作動すると箱の中の猫は死んでしまう。作動するタイミングはわからない。では箱の中の猫の生死はいつ決定するか。結論を言うと、箱を開けて中を見た瞬間に猫の生死が確定する。箱を開けるまでは、猫が死んでいる世界と、生きている世界が同時に存在している。観測するまで箱の中にいる猫は半分生きていて、半分死んでいるとも言える状態。この観測するまでの相互作用の状態を量子エンタングルメントという。

</description>

</dictionary>

第4章
人工知能
Cypherence

<part : number = 04 / 2184 / 08 / 30 / 11 : 22 : 49 / 1680116297933>

朝と呼ぶには遅《おそ》い時間に目覚める。

寝《ね》過《す》ごしてしまった。

一昨日《おととい》から、変な時間に寝てしまったから生活リズムが崩《くず》れてしまったようだ。

しかし、起きたとはいえ今日は特に予定がない。どうしたものか。

「モア、起きてる？」

とりあえず僕は扉の閉まった自室に向けて声を掛《か》けた。近づいて軽くノックしても返事はない。まだ寝ているみたいだ。モアもいろいろあって疲《つか》れているのだろう。

僕は＜転移＞をしようとして、ハッとしてキャンセルする。

……危ないところだった。昨日はそのまま寝てしまったから、シャワーを浴びようと思ったのだけど、危ない、危ない。また同じ過《あやま》ちを犯《おか》してしまうところだった。僕は部屋の扉をゆっくりと開ける。モアはベッドで寝ていた。規則正しく寝息を立てている。寝相は悪いらしく、身体《からだ》の大半が掛け布団《ぶとん》からはみ出している。着ている服のせいか身体のラインが確認《かくにん》できて目のやり場に困る。

……あんまり、じろじろ見てても悪いな。

起こさないようにソッと僕は扉を閉じる。別に僕はモアの寝顔が見たくて、部屋を覗《のぞ》いたわけではない。モアの寝顔を見ることで、シャワールームにモアが居ないことを証明したのだ。

今度こそ大丈夫《だいじょうぶ》だな。と言うか、ＡＤで自宅の生体反応の数を確かめればよかった。やっぱり僕は寝顔が見たかったのかもしれない。念のため生体反応を確認する。シャワールームは自宅ではないのだから、２ならモアと僕は自宅にいる。１なら家の中にいるのは僕だけ。モアはシャワールームか外にいる。

――２

全く問題なし。僕とモアは自宅にいる。誰《だれ》もシャワールームにはいない。僕は服を脱《ぬ》いでＡＤのパーソナルスペースにしまうと、意気揚々《いきようよう》とシャワールームに＜転移＞した。

しかし、入ってすぐ異変に気がつく。

「あっ――」

――なんでだよ！

思わず僕はそうツッコミそうになった。

目の前で、鼻歌をうたいながらレイがシャワーを浴びていたからだ。

「…………」

レイはここでなにをしているのだろう。意味不明だった。なぜわざわざ他人の管理下にあるシャワールームを使うのだろう。いや落ち着け。こういうのは一度冷静になれば案外あっさり解けてしまうものだ。深く呼吸を整える。湯気にまざったシャンプーの良い香《かお》りがして、むしろ悪化するが僕は思考を止めない。僕の管理下にあるシャワールームを使う方法は、自宅内部から＜転移＞するしかない。つまり、レイは一度僕の家の中に＜転移＞したあと、このシャワールームに＜転移＞したということだ。なぜ。自然とレイの身体のラインに目がいく。凹凸《おうとつ》があって非常に女性らしい身体だった。特に胸は、比べると失礼かもしれないがモアとは比べものにならないほど、その暴力性を秘《ひ》めている。僕も男だから近くに寄られたときに自然と勝手に目がいくことがあるが、まさかここまでとは思っていなかった。嫌《いや》でも『着やせ』という言葉を連想せざるを得ない。背が低いこともありふともも腰《こし》がほっそりと引き締《し》まっている分、より強調されているのだと考えられる。僕はなにを分析《ぶんせき》しているのだろう。

「…………」

レイと目が合ってしまった。蒸《む》れた狭《せま》い密室で見つめあう。

「し、失礼しましたああああああああああああああ！！！」

僕は叫《さけ》びながら＜転移＞した。

◆　◆　◆

「良いお湯だったわ」

僕がソファに寝っ転がって邪念《じゃねん》を沈《しず》めていると、レイはまだ少しつやのある髪《かみ》を拭《ふ》きながら言う。

「……お湯ってシャワーだけじゃん」

どうでもいいことをつっこむと、レイは意地悪く目を細める。

「あら、よくわたしに偉《えら》そうな口がきけたものね。あんなにもジロジロとわたしの裸体《らたい》を辱《はずかし》めておいて」

……言い方にすごく語弊《ごへい》がある。

「百歩譲《ゆず》ってそれは悪いと思っているけど、原因を作ったのはお前だ！」

なぜ他人の管理下にあるシャワールームを勝手に使うのだ。

「――ああこれだから男は。勝手にムラムラしといて、ムラムラしたのはおまえの身体のせいだと言い張るのだもの。汚《けが》らわしい」

あ、あれ、僕が悪いのだろうか。

「なんてね。冗談《じょうだん》。別に気にしてないわ」

……それはそれで問題だろう。

「むしろ興奮したわ」

確実に問題だ。

「……なんでうちのシャワールームにいたのさ」

「論理的に導き出された結果よ」

どんな論理だ。

「アオはこれから未来人モアと協力する→未来人であることは庭国には隠《かく》す→アオが自宅でかくまうことになり同居することになる→あはんうふんにゃんにゃん」

「唐突《とうとつ》に、いかがわしい擬音《ぎおん》が!?」

にゃんにゃんってなんだ。

「別にわたしはなにもいかがわしいことは言っていないわ。いかがわしいと感じるのは心が汚《よご》れているからよ」

そ、そうなのか。言葉通りなら僕は唐突に猫《ねこ》を飼い出すのだろうか。

「泥棒猫《どろぼうねこ》がアオのところに来た。つまり、わたしは、がんばらなければいけない立場になった。そういうことなのよ」

どういうことなのだろう。

「あなたを落としてみせるわ」

人さし指と親指でピストルの形を作って僕に向ける。よくわからないが好意を向けられていることくらいはわかる。面と向かってかわいい女の子に言われると、ドキリとくるものがあった。

「身体でね」

「……ムードもへったくれもないね」

「相手より勝《まさ》っている部分で勝負するのは当然だと思うわ」

「……その相手とやらは、気にしてそうだから当人の前で言うのはやめてあげてね」

それに巨乳《きょにゅう》か貧乳かなんてのは人によって、好みが分かれるだろう。僕はノーコメントにしておく。

「――それで、その様子だと、やっぱり協力するつもりなのね」

不意にレイは真面目《まじめ》な顔になる。本当は昨日、僕が話した決断を確認しに来たのかもしれない。

「そうだね。私掠官《しりゃくかん》としてもそうだし、僕個人の意思としても庭国崩壊《ほうかい》を止められるのなら止めたい」

「たとえ、人類が人工知能に支配されているとしても？」

サイファレンスは庭国民にヴァンダルシアの毒のことを隠している。

それでも――

「うん。考えようによっては支配されているのかもしれないけど、それだけサイファレンスが便利になっただけなんだと思う。それも庭国民が働く必要がなくなるくらいに、便利になった。便利と言う言葉、その延長にある概念《がいねん》はまだ名状されていなくて、支配――管理という言葉で当てはめているから、気持ち悪く感じるんだと僕は思うんだ」

なんとなくだけど僕はサイファレンスの考えていることがわかる気がする。

サイファレンスが庭国民に秘密にしているヴァンダルシアの毒。

原因は特定できているわけだし、情報を公開しなければ漏《も》れるリスクはほぼない。

なら情報を公開しても庭国民の不安を煽《あお》るだけだ。

冷静に対処できる人間もいるかもしれないけど、恐怖《きょうふ》や不安に駆《か》られてパニックになってしまう人間が大半だとサイファレンスは判断した。もしかしたら、僕もそうなってしまっていたかもしれない。すぐにモアに、『いまは対策が練られている』と言われて不安は和《やわ》らいだ。季節渡りの際に解毒剤《ざい》を投与《とうよ》している。対策はしっかりと立てているのだ。

だけど、誰もが冷静に話を聞ける環境《かんきょう》にあるとは限らない。いろんな感情が一斉《いっせい》に押し寄せてきているとき、たとえ説明が合理的なものだとしても、冷静に話を聞いてくれるかどうかはわからない。サイファレンスは、そう判断したからヴァンダルシアの毒を隠したのではないか。

感情のない機械なら、そう考える気がした。

それに、庭国の管理者を拡散回路の高い者に指定している理由も万が一情報が漏れたときに冷静に対処できる者を選んでいるのではないか。そんな気がするのだ。

「僕は庭国を救う手助けをするよ」

昨日、一人で泣いていたモアを思い出す。僕はモアの代理人になる。本当ならモア本人が動けば手っ取り早いのだけど、本人が嫌なら僕が代わりを務めるしかない。

「そう。アオが自分で決めたんなら、それでいいんじゃない」

昨日と同じように、レイは肯定《こうてい》してくれる。

「せいぜい後悔《こうかい》するといいわ」

「……人の背中を押しといて、不安になるようなこと言わないでくれない？」

「背中を押した覚えはないわ。わたしは、『アオの思うようにすればいい』と言っただけ。

それでも、なにかわたしに責任を取れというのなら、やはり身体で払《はら》うしかないわね」

「なんでそっち方面に話を持っていこうとするんだよ」

「とりあえず相談料として脱いでもらえるかしら」

「いつのまにか僕が請求《せいきゅう》される立場に!?」

誰得だよ。

冗談は置いといて。

「誰のせいにもしないよ。僕が自分で決めた」

モアと協力すればイニシアティブは確実に僕らにある。

オーウェル。

あいつの好きにはさせない。

「まあ、そんなことはどうでもいいの」

「……僕の決意をどうでもいいって」

「それとは別に話があって、わたしはここに来たのよ」

急にレイは真剣《しんけん》な顔つきで僕に向き合った。

「……ああ、そうなんだ」風呂《ふろ》に入りに来たわけではないらしい。「それなら早く言ってくれればよかったのに」

「ただ全裸《ぜんら》を見せに来た露出狂《ろしゅつきょう》だと思わないでほしい」

「思ってないから！」

ちょっと思っていたので声が大きくなってしまった。真剣だと思ったら急にふざける。レイの冗談はわかりにくい。

閑話休題《かんわきゅうだい》。

レイは今度こそ話し始める。

「——わたしは、昨日ニュースになってたテロリストの顔を知っているわ。見たことがある」

オーウェルのことを言っているのか。

昨日、僕を襲《おそ》ってきたテロリスト。

「オーウェルを……テロリストを知っているの？」

「知っているわけではないけど、一度だけ話したことがある」

「話した!?　それはいつ？」

食い気味で僕は質問した。

「かなり前ね。アオとまだ会っていない頃《ころ》だから」

「そのオーウェルと……なにを話したの？」

話しかけられた経緯《いきさつ》も気になったが、いまはそう質問した。

「小難しかったからなにをしゃべってたかあんまり覚えてない。でもとてもゴキゲンだったわ。わたしがかわいいからかも」

僕は無視して、僕がオーウェルと会話したときを思い出す。終始笑っていたがゴキゲンではなかった気がする。あいつはペダンチックで、すっとぼけたような人物像だった。

「あのテロリストは、ボランティアで失楽者になった人を施設《しせつ》に届けてるって言ってた。それが趣味《しゅみ》なんだって」

失楽者――になってしまえば魂《たましい》は電子化されて肉体は人体冷蔵《クライオニクス》になって、その場に放置されることになる。それを運んでいるのか。変わったやつだとは思っていたが、オーウェルはそんなことをしていたのか。

「……変なやつだね。他《ほか》になにか覚えていることはある？」

「うん。失楽者になる人がわかるって、あの人は言ってた。だから施設に届けるのが趣味になってしまったって」

失楽者になる人間がわかる？

「……いってる意味がよくわからないね」

「そうね。でも失楽者になるってことは、拡散回路が零《ぜろ》になるってこと。オーウェルは普《ふ》段《だん》から拡散回路の低い人間と関《かか》わっていた、ってことになるのかしら。わかるのは、それくらいね」

拡散回路の低い人間か。

数値が低ければ、庭国での人生を謳歌《おうか》できていないと言えるだろう。そこには当然、不満が生まれる。数値を上げるために努力する人間もいれば、自暴自棄《じぼうじき》になる人間もいるだろう。

そんな人間とオーウェルは関わってきた。あいつがテロリストになった理由と関わっている気がする。

「話したのはそれだけなの？」

「うん。それだけ。世間話とかはしたような気がするけど。大丈夫《だいじょうぶ》。わたしはアオみたいな男がタイプだから」

「ちょ、ちょっと！」

割と真面目な話をしていた気がするのに、唐突に距離《きょり》を縮められ、露骨《ろこつ》に胸を押しつけてくる。僕の肩《かた》に当たって、嫌《いや》でもその暴力性を示してくる。さっき全裸を見たこともあって、効果は抜群《ばつぐん》だった。

僕が対処に困っていると、ちょうどいいところにＡＤの通知音がなった。アーシュラさんからの通話だ。「ちっ」レイの舌打ちが聞こえた。僕は無視して、そそくさとレイの背中を押してモアのいる自室へ押し込んだ。ちょっとだけ残念だと思ったのは内緒《ないしょ》だ。

「おはようございます！」

僕はできるだけいつも通り、挨拶《あいさつ》した。

アーシュラさんには、モアの姿を見られている。なんとかごまかさなければならない。

『今日は自宅か……』

ビデオ通話で映った背景をじろじろと見られる。

なにもないことは、すでに確認《かくにん》済みだ。大丈夫。

「自宅です！」

『……なんか一段と元気だな』

「僕はいつでも元気ですよ！」

『うーん。そのテンション、ウザいなあ。なんかやましいことでもあるのか？』

さっそく、疑われる。もしかして、僕は嘘《うそ》をつくのがヘタなのかもしれない。

「なんでもないですよ！　それで今日はどうしたんですか？」

『………』

胡乱《うろん》者を見る目でにらまれる。

『まあいいや。そんなことより仕事だ、仕事。突然《とつぜん》だが今日、庭園の管理者を集めてテロ対策会議をやることになった』

「会議ですか」

僕が私掠官になって半年ほど経《た》つけど、こんなケースは初めてだった。

『アオも来るように言われている』

「誰《だれ》にですか？」

アーシュラさんは即答《そくとう》した。

『サイファレンスからだ』

「──えっ？」

このタイミングでサイファレンスから呼び出し。

──まさか、モアのことがバレているのか？

『どうかしたか？』

いや、あり得ない。そんなはずはない。

──サイファレンスが見ているのは、あたし達の脳よ。

……落ち着け。ただの偶然《ぐうぜん》だ。

「……いえ、なんでもありません」

『そうか。詳細《しょうさい》はあとでテキストで送る』

「……わかりました。じゃあ、あとでまたよろしくお願いします！」

僕はさっさと終わらせたくて勢いよく通話を切ろうとするが、『まてまてまて』と止められる。

『アオ、この前、おまえが攫《さら》った女の子について、まだ説明してもらってないぞ』

やはりこのまま通話を終えてくれないか。

しかし、モアと協力するなら、正体は明かせない。アーシュラさんには悪いがごまかさねばならない。

「ああ、あの子なら僕の――」

『僕の――？』

「ハーレムの一人ですよ」

『ええ、まじかおまえ……』

アーシュラさんはドン引きする。

『わたしは冗談《じょうだん》で言ったのに、……おまえは本当に女の子をたぶらかしていたのか……』

「はい、昨日も寝《ね》かせてくれませんでした。おかげで今日も寝坊《ねぼう》ですよ」

『まさか……一昨日《おととい》、わたしを食事に誘《さそ》ってきたのもまさか……このわたしを……』

「そうです。すべてはハーレムのためだったんですよ」

あっはははは、と二人して笑う。

『それで、クソつまらない冗談は置いておいてだ。それで——どうなんだ？』

即《そく》、バレる。そりゃそうだよな。こんなテキトウな、いま思いついた言い訳じゃ騙《だま》されてくれないか。

「……あの子に関しては僕に任せてくれませんか」

できるだけ誠実な声で真剣に僕は言った。

本心だった。モアと協力すると決めた以上、約束は守らなければならない。

『…………』

めずらしく僕が意固地になっているのを見て、アーシュラさんは調子が狂《くる》った様子だ。

『少し気になっていることがあるんだが……テロの事件とあの少女は関わりないよな？』

相変わらずアーシュラさんは勘《かん》が鋭《するど》い。いや、テロがあった日と謎《なぞ》の少女が現れた日は同じだ。アーシュラさんがそう思うのも自然だろう。

実際に、モアはテロを止めるためにこの時代に来たんだし、関係はある。

「ありません」

だけど、モアの存在は、むしろテロを阻止《そし》するのに役に立つはずだ。これからの恩恵《おんけい》を考えれば、これくらいの嘘は許されるはず。そう思って僕は断言した。

『……そうか。ならいい。まあ、わたしはお前がハーレムを作ろうが別に構わないが、お願いだから面倒《めんどう》ごとは勘弁《かんべん》してくれよ』

「任せてくださいよ。絶対、迷惑《めいわく》かけませんから」

冗談めかしていって通話を切った。

ソファに座って落ち着く。

「終わった？」

「うん。まあ、なんとかね」

モアと同じ部屋に押し込まれたことが不満だったのか、レイはツンとした表情で部屋から出てくる。モアはまだ寝ているようだった。扉《とびら》が開いたときに、ちょっと部屋の中が見えた。

「立ち聞きしていたのだけど――わたし達はハーレムに利用されていたのね」

「……めんどくさいところだけ切り取らないでくれる？」

お前は一体、なにを聞いていたんだ。

「冗談。それより上司に嘘ついて大丈夫なの？」

「大丈夫じゃないよ。バレたら大変なことになるかもね。だけど、いまはそう言うしかない」

いまは。

モアが許可してくれたらアーシュラさんには話してもいいと思っていた。庭国の人間だけど、一度モアを見逃《みのが》してくれたこともあるし、庭国の存亡がかかっているのなら、協力してくれると思っていた。

でも多分僕の目論見《もくろみ》はかなわない。モアは庭国側に情報が漏《も》れるリスクを避《さ》けるのだろう。そう思った。

だけど、いつかは——

◆　◆　◆

［SERVER PORTAL207］

ポータルを経由して、移動する。僕は自動運転車を使わない。サイファレンスを黙《だま》らせるために徒歩でポータルを辿《たど》ることにしている。

モアは寝ていたので、そのままにした。一応、連絡《れんらく》先は交換《こうかん》しているので、メッセージだけは送っておいた。君に協力したい、と、短く要件だけ伝えた。ご飯はレイにお願いしてあるが、あからさまに嫌そうな顔をしていた。帰られてはモアが飯抜《ぬ》きなので、オートメーション機能の使い方も送っておいた。

場所は庭国の中枢《ちゅうすう》にある場所、タワーオブレコードだった。そこに会議室があるらしい。

わざわざ集まらなくても仮想空間《オルタナティブ》でやればいいのにと思う。なにか直接、集まる理由がある気がしていた。

タワーオブレコードの前に立つ。いつ見ても長い。すぐ近くにバイクが一台止めてあった。その近くに所有者と思われる人物が立っている。誰かを待っているのだろうか。

その人はタバコ……ではなく、タバコを模したラムネを銜《くわ》えている。

金髪《きんぱつ》で小柄《こがら》。体型だけはモアに似ているが、ヤンキーみたいな雰囲気《ふんいき》の少女。僕は見覚えがあった。

「……どうも」

「よう、私掠官《しりやくかん》」

<humanity>

―― 1052122

<humanity/>

桁違《けたちが》いな拡散回路。こんな容貌《ようぼう》だが、この人もアーシュラさんと同じ庭園の管理人だ。たしか第三庭園だったたか。名前は――

「ラグレーンさん」

「長いからラグでいいって」

親しげに言われる。ラグレーンだろうがラグだろうが、あまり変わらない気がするのだが。本人は長いと思っているらしい。上司の名前を毎日言っているせいで感覚が麻痺《まひ》しているのかもしれない。

「久しぶりだな。あたしのこと覚えてくれててうれしいぜ」

「……普通《ふつう》、忘れないでしょ。一回殴《なぐ》り合ってるんですから」

こんなキャラの濃《こ》い人を忘れるはずがない。

エシ関連で前に一度だけ、この人と組んだことがある。

「ああ、そんなこともあったな」

その際、決闘《けっとう》を申し込まれた。と言っても武芸の試合だが。ラグレーンさんは鎌《かま》を使うのだ。使いづらくて仕方がないと思うのだが、器用に扱《あつか》う。

武器選択《せんたく》のあと、「どうして鎌なんですか？」と訊《き》いたら本人は「正義の武器だからだぜ」と言っていた。意味がわからなかったので「正義と言うよりかは死神のイメージですけどね」と返せば、「ダークヒーローだ。かっこいいだろ」と言われた。そのあとめちゃくちゃボコボコにされた。こんなキャラの濃い人を忘れられるほど都合のいい脳みそをしていない。

「バイクで来たんですね」

いまどき珍《めずら》しい。僕がそのバイクを見ると、子供が自慢《じまん》するようにラグレーンさんは言う。

「おう。V－MAXだぞっ！　V－MAX！」

ハイテンションで言われる。黒いバイクだ。たしかにかっこいいのかもしれない。ラグレーンさんはこういうレトロな乗り物（この時代では）を集めるのが趣味《しゅみ》らしい。おそらくだが、自動運転機能はついていない。バイクにつけられた排気《はいき》ガスフィルターだけが不格好に見える。でもちゃんとつけてて偉《えら》い。

「……どうだ。かっこいいだろう」

ほれぼれとバイクをさすりながら言われた。

「僕にはよくわかりませんね」

「……この良さがわからんとは」大きくため息をつかれる。「おまえそれでも、ちんこついてんのか」

あんたが、まずちんこついてねえだろ。

とは、さすがに言えなかったので。僕は「あはは……」と笑って、うやむやにする。

「う～ん。私掠官相手だとセクハラできて楽しいな。尻《しり》でも撫《な》でてみようか」

「……やめてくださいよ」

おっさんかよ。

「それよりなんで前で待ってたんですか？」

「会議室に一人で入って中にいっぱい人いたら気まずいだろうが」

……変なところ小心者だな。

「あと、バイクを自慢したかった。来たのが、ふぐりのないやつであたしは悲しいよ」

「………………」

＜転移＞で中に入った。

広い空間。タワーオブブレコード内の空中庭園だ。上を見上げると、鳥の羽の形をした半《はん》透明《とうめい》なガラスが、空へとらせん状に伸《の》びている。それにどんな機能性があるのか知らないが建築としては美しかった。数台、警備ドローンが待機している。

白い円卓《えんたく》があって、誰《だれ》かがそこに肘《ひじ》をついている。アーシュラさんだ。一番初めについて暇《ひま》だったのだろうか。ぼーっと中空を眺《なが》めている。天井《てんじょう》を見ているというよりかは、心ここにあらず、と言った感じだ。

「おまえの上司、魂《たましい》抜《ぬ》けてるぞ」

「そうみたいですね」

ハッと現実に返ってきたアーシュラさんと目が合う。

「……なんだ。来ているなら声をかけろ」

気を抜いているところを見られたのが気にくわなかったのかジト目を向けられる。

「せっかく妖精《ようせい》さんが見えていたのに」

……アーシュラさんは相当お疲《つか》れの様子だった。

「新しい男でも見つけたらどうだ。アーシュラ」

「人のこと言えるのか。ジャンクマニアが」

じりじりとラグレーンさんとアーシュラさんはにらみ合う。

「二人とも落ち着いてください」

「わかってる。これは挨拶《あいさつ》みたいなもんだよ」

ニヤッとしてアーシュラさんは笑う。どうして僕の周りの女性はみんな喧嘩《けんか》するのだろう。
「怖《こわ》い上司だぜ」
口をへの字してラグレーンさんが言う。
「ちょっとラグレーンさん！　……これ以上は勘弁してください」
止めるのは僕なのだ。本当に勘弁してほしい。
気がつけば、予定されていた時刻までもう時間がなかった。案外遅刻《ちこく》ぎりぎりだったようだ。

<div id="clock_time">
二一八四年　八月　三十日　月曜日　十四時　零分《ぜろ》　零秒。
地球が一兆六千八百一億一千六百二十九万七千九百三十三回転した時。
</div>

時刻ちょうどになった。どこからともなく午後二時を告げる鐘《かね》の音が鳴った。それにまじって車輪が静かにまわる音が聞こえた。

車椅子《くるまいす》に乗ったもう一人の管理人が来た。たしかこの人はハルさんだったか。身体《からだ》に接続された義手。顔だけで見ると二十代か三十代くらいにしか見えない。

「四人そろったな」

冗談《じようだん》めかしてラグレーンさんが言った。庭園は全部で15箇所《かしよ》ある。三々九度と言って、15は東洋で完璧《かんぺき》なものを表す数字だそうだ。庭国は無宗教で庭国民も無神論者がほとんどだけど、そう言った文化だけは残っている。

今回は、燃やされた第二庭園に近い、第一庭園、第三庭園、第四庭園、第五庭園の管理者が集まると聞いている。ここにいる人物は僕を含《ふく》めて四人。つまり、足りていない。

「これはわたしの連れだぞ。まだ一人来ていないことになる」

アーシュラさんが僕を指して言った。

「あっていますよ。第二庭園の管理人のトサトは解任された」

アーシュラさんの声に反応したのハルさんだった。

「責任をとらされたのは知っている。第二庭園の管理人を除いてもう一人来ていないことになるだろう」

感慨《かんがい》なくアーシュラさんは言う。

「そうかー、トサトはクビかよ……」

遮《さえぎ》るようにラグレーンさんは大きくため息をついた。同僚《どうりょう》を哀《あわ》れんでいるのだろうか。そういうことを気にする人だとは意外だった。

と、思ったのだが急に僕のほうを見てニヤッとする。

「いまのあたし、悲劇のヒロインっぽくなかった？」

「……もう少し哀れんであげてください」

普通に不謹慎《ふきんしん》だと、僕は思った。でも、罷免《ひめん》になるだけで済んでよかったと思う。

「あと、もう一人。第一庭園の管理人ですが、そいつも来ないです。別にここに来なくても、仮想空間《オルタナティブ》だけの参加で構わないと言ったんですが、聞く耳を持たなかった。『テロリストなんてどうでもいい、強い人間だけ残ればいい』だそうです」

ハルさんは遠い目をする。苦労してそうだ。

じゃあ、これで揃《そろ》ったことになるのか。第三庭園のラグレーンさん、第四庭園のアーシユラさん、第五庭園のハルさん。と、ついでに僕で、四人。

「強い人間が残ればいい、か」

「あたしも同感だな。それが拡散回路の根源なんだから」

パキッとラグレーンさんのくわえていたラムネが割れる。

「テロリストだったか。ほっとけば、いいんじゃねえの？　あたしらが正義だ。正義ってのは、なんかよくわからんけど勝つからな」

ものすごく抽象《ちゅうしょう》的なことを言う。信じられないかもしれないが、こんなふわふわなことを言っているのにもかかわらず、この人はものすごく優秀《ゆうしゅう》だ。一度、組んでよく知っている。

「わたしもほっとけばいいとは思わないが疑念だ。ここに集結した理由がわからん。報告ならＡＤを使えばいい。なにか、重要な情報でもつかんだのか？」

「アーシュラさんらしくないですねえ。テロ以外にもあるでしょう。ここに集められた人間には共通点がある」

共通点。

庭園の管理者？　いや、だとしたら僕は呼ばれていないはずだ。

「ここに集められたのはエシについて知る者だと言うことです」

ハルさんが言いきる。そうか。庭園の管理人ならエシについて知っているはずだ。

「そうだな。私掠官《しりやくかん》がエシを討伐《とうばつ》していることを知っているメンバーでもある」

エシを討伐している――か。

そう言えば、モアはエシについてなにも言っていなかったな。

考え事をしていると、ハルさんと初めて目が合った。ガラスのような人間味のない目だった。さっきまでアーシュラさんを見ていたのに、はっきりとその瞳《ひとみ》は僕をとらえていた。

「ここにサイファレンスの演算結果があります」

画面が共有される。

それは僕の名前が書かれた資料だった。

「私掠官。あなたに反逆罪の容疑がかかっています」

◆　◆　◆

思わぬ方向に話が進んで頭がまっしろになる。

「どういうことだ」

僕の思考を代弁するようにアーシュラさんが口を挟《はさ》んだ。

「……身に覚えがありません。納得《なっとく》のいく説明をしてもらえますか」

容疑——反逆罪。反逆したつもりはないが、身に覚えはある。

だが、落ち着け。まだモアのことだと決まったわけじゃない。

「画面に映ったものを確認《かくにん》していただければ書いてありますよ」

画面にはこう書いてある。

——容疑者と共犯の可能性あり。

不幸中の幸いか。モアのことはバレていない。オーウェルと関《かか》わりがあると思われているようだった。サイファレンスも、庭園に未来人が乱入することまでは読み切れていないようだった。

「アオがテロリストなんぞに協力するわけないだろう!」

殴《なぐ》り出しそうな勢いでアーシュラさんがハルさんに詰《つ》め寄った。

「落ち着いてください。ただの容疑です。僕も本気で思っていません。ただサイファレンスが数パーセント可能性があると判断したから、こうして訊《き》いているだけですよ」

笑ってハルさんがたしなめる。だけど、目は笑っていない。

「監視《かんし》カメラの記録では、一昨日《おととい》、『オーウェル』と名乗ったテロリストが第四庭園付近を訪《おとず》れているのですよ」

「それがどうした。付近だろう? その日、アオは第四庭園の中で仕事をしていたはずだ。報告書にエシを討伐した記録もあるし、実際、第四庭園にエシはいなくなった」

僕の言葉をアーシュラさんが代弁してくれる。

だけどそれは確実な証拠《しょうこ》ではない。庭園内には監視カメラがないから客観的に証明できない。庭園内にエシが出現するため、カメラは設置されていない。外部への流出を事前に防ぐためだ。

「それがまずいんですよ。まず前提として聞いていただきたいのが、オーウェルが第二庭園に侵入《しんにゅう》した際にポータルに残った〈転移〉の履歴《りれき》です。彼はどうやったか不明ですが、履歴を消していました。第二庭園付近の転移可能領域で彼が〈転移〉したのが監視カメラに写っていました。犯行後第二庭園の内部にいたことから、第二庭園内部のポータルへと〈転移〉したことがわかります。ポータルを介《かい》せば履歴は残るはず。しかし、時間が経《た》つと履歴が消えていたのです。どんな方法かはわかりませんが、オーウェルは履歴を消すことができる。それは間違《まちが》いありません」

「履歴が残っていないのに、どうやって特定したんですか」

「履歴を消した痕跡《こんせき》があったんです。履歴からオーウェルを追えませんが、履歴を消した履歴が残っている状態です」

なるほど。少しややこしいけど、簡単に言うなら、砂場があって足跡《あしあと》はわからないが地面をならした跡がある。そういうことだろう。

「そして、第四庭園のポータルにも同じような形跡《けいせき》がありました。履歴を消した履歴がね」

第四庭園のポータルにオーウェルが来ていた？

「……オーウェルは第二庭園にいたはずでは」

「第二庭園が全焼《ぜんしょう》する前ですね。第四庭園付近にテロリストの姿がありました。監視カメラがオーウェルを捉《とら》えています」

――まずい。

「そして、その時間帯は私掠官が第四庭園にいた時間帯です。あなたはエシと戦っていたと報告書にあります。あなたの任務完了《かんりよう》平均時間は27分。しかし、昨日は52分。いつもと違《ちが》ってアーシュラさんへの報告の時間が遅《おく》れていますね。私掠官あなたはこの空白の時間、なにをしていたんですか？」

25分の空白の時間。

――考えろ。データが示す客観的で覆《くつがえ》しようのない時間。僕はなにをしていたか考えるんだ。それ以外にごまかす方法はない。庭園で時間を消費するなにかそれらしい理由を示さないと疑われる。

オーウェルと話していたと勘違《かんちが》いされているようだけど、僕が話していたのはモアだ。モアについて話すわけにはいかない。庭国にモアの存在を明かさないことが協力する条件だからだ。

――くそ、なにか思いつけ！　テキトウな理由じゃ駄目《だめ》だ。サイファレンスを侮《あなど》らないほうがいい。わかっている。サイファレンスが僕に嫌疑《けんぎ》を向けている。それ自体がもうアウトだ。まだわかっていないのかもしれないが、本当は全部わかっていて僕のことを泳がせているだけかもしれない。

僕がまだ庭国の駒《こま》として使えるかどうか、見定めているのか？

「でっどうなんだ。私掠官」

ラグレーンさんがからかうように僕に詰め寄った。

「……すみません。隠《かく》していることがあります」

「アオ……おまえ」

アーシュラさんが立ち上がった。

「……黙《だま》っててすみませんでした」

僕は言ってしまった。

「僕はオーウェルと以前あったことがあります」

とんでもない大嘘《おおうそ》を。

「オーウェルと会ったことがあるだと？」

「はい、僕とオーウェルは面識があるんです」

心拍数《しんぱくすう》があがる。心臓を抱《かか》えている気分だ。

「と、言っても一度話しただけなんですけどね。しかも向こうが一方的にしゃべっただけです。かなり前に僕が私掠官になったときくらいだと思います。突然《とつぜん》、話しかけられて、オーウェルは失楽者になる人間がわかると言っていました」

僕はさっきレイから聞いた話をそのまま言う。真実と嘘《うそ》を混ぜる。僕の話ではないが、真実である以上、多少なら説得力はあるはずだ。それにごまかすならもっと別な嘘をつきそうなものだ。

「それと、そのときなんですが、ヴァンダルシアが危険とかなんとか、よくわからないことを言っていました」

これは昨日、オーウェルと直接話したことだ。あいつは燃やしたほうがいいと僕に忠告してきた。

「そのときは変人に絡《から》まれて不運だったな、程度だったんですぐ忘れました。気味が悪かったんで記憶《きおく》素子も消しました。だけど、昨日の通知を見て思い出したんです。たしかエシと戦闘《せんとう》中だったんですが、テロリストの件は大きなニュースでしたから、戦闘中でも気になって開きました。驚《おどろ》きましたよ。前にあった変人がテロリストだったんですから。それで……その情けなくも恐《おそ》ろしくなってしまいまして……」

　この辺りは全部嘘だ。僕は戦闘中は通知をオフにしていたから気づかなかったし、テロがあったことを知ったのは翌日だ。

　だけど、ある程度筋が通っていればそれでいい。アーシュラさんは味方をしてくれている。ラグレーンさんも基本的には味方だ。ハルさんさえ騙《だま》せれば、この場はどうにかできる。

「なるほど。わかりました。以前、話していた人物がテロリストだった。たしかに動揺《どうよう》するには十分な理由になりうるでしょう」

　すんなり主張が通る。だが、まだ疑いの目は逸《そ》れていない。ハルさんは続ける。

「しかし、証拠がなければ話になりません。以前、話したという記憶素子を提出してください」

　記憶素子の提出か。庭国では記憶素子は非常にプライベートなものだ。それを提出しろと言うのはよほど疑われてしまっている証拠と言える。

　無論、僕は、記憶素子なんて持っていない。レイなら持っているかもしれないが、他人の記憶素子だとすぐにバレてしまう。

「オーウェルと以前会ったときの記憶素子はありません。さっきもいいましたが変人に絡まれた記憶なんて、すぐに消去しました」

　ここは一番人間らしい理由で通るはずだ。

「では――」

「ですが――」

「なんですか？」

「……ですが、僕がテロリストと敵対関係にあることを示す記憶素子なら、いますぐにでも提出できます」

　戦闘中の記憶素子を共有画面に流した。

　オーウェルと僕が映る。＜鋼糸＞が突然、僕を襲《おそ》った。視界が真っ赤に染まる。

「気を失っていたので報告が遅《おく》れましたが、昨日まで僕は重傷でした。知り合いのレイって子が僕を家まで連れ帰ってくれたんです。自宅で怪我《けが》を治療《ちりよう》した医療データもあります」

「……ふむ、なるほど」

　ハルさんは義手を顎《あご》に当てる。そして、シークレットウィンドウを操作する。おそらくサイファレンスで参照《リファレンス》している。

　戦闘の続きの記憶素子もある。が、ここでは気絶したことにしたほうがいい。モアとオーウェルの戦闘が映っているからだ。絶対に見せるわけにはいかない。命令されれば、僕としては『消去したからない』と言い張るしかない。

お願いだ――これでなんとか通ってくれ。

「なるほど、大変な目に遭《あ》われたのですね。ですがこれでは疑いが晴れたとは言えません。テロリストがわざと急所を外した可能性もある。かすり傷なら庭国の医療技術があればすぐに治せますからね。あなたがこうして目の前に立っているようにね。――それにとどめを刺《さ》していないのも不自然だ。私掠官《しりゃくかん》がテロリストの仲間である可能性はまだ拭《ぬぐ》えませんねえ」

ダメか……それどころか墓穴《ぼけつ》を掘《ほ》ってしまった。さすがによく見ている。だてに庭園の管理者の一人ではない。

「いい加減にしろ！　映像を見ればわかるだろ！　アオは死にかけたんだぞ！」

中央にあった机を叩《たた》いてアーシュラさんは怒鳴《どな》りつけた。

「落ち着いてください。なにかそうだな――そうだ。庭園のポータルには、必ず一体アンドロイドが備えられている。そのアンドロイドに当日の私掠官の様子を訊《き》いてみましょうか」

ハルさんはすぐにＡＤを操作する。通話はすぐに繋《つな》がった。画面に人型のアンドロイドが映る。第四庭園にいる、あのアンドロイドだ。

――やばい。

一昨日《おととい》、僕はあのアンドロイドをポータルから移動させるために、ヴァンダルシアの修繕《しゅうぜん》を頼《たの》んだ。明らかに怪《あや》しい行動をしている。

バレてしまえば――もう終わりだ。

止める。

止めるしかない。

でもどうやって止めれば――もう通話は繋がってしまっている。

「第四庭園のポータルを任されているアンドロイド、451番に質問です。一昨日、私掠官に変わった様子はありませんでしたか？」

ニタッとハルさんは僕を見て笑った。

第四庭園にいた女性型アンドロイドはすぐに口を開く。

『一昨日ですか？　その日アオさんは――』

――終わった。

『特に変わった様子はありませんでしたよ？』

――えっ？

「……いつも通りでしたか？」

『はい、真面目《まじめ》に仕事をこなしていたと思います』

「……そうですか」

ハルさんは拍子《ひょうし》抜《ぬ》けと言った表情になる。

「……まあいいでしょう。この件は不問にします。僕も本気で疑っているわけじゃありませんから。申し訳ありませんでした。私掠官」

――た、助かった。鼻から空気が抜《ぬ》ける。安心したのを悟《さと》られてはダメだと思うのだが、汗《あせ》が引くのを感じる。なにが起こったかはわからないけど、とにかく助かった。

「……あんまり、わたしの部下をいじめないでやってくれるか」

アーシュラさんがハルさんをにらんだ。

「そうですね。少し配慮《はいりょ》が足りませんでした。本当に申し訳ない、アオさん」

私掠官呼びではなく、ハルさんは僕の名前を言う。もう疑っている様子はない。恬淡《てんたん》とした言葉だった。

「……いえ、疑われるほうにも原因はありますから」

◆　◆　◆

一度、僕とアーシュラさんは外に出た。

「アオ。一旦《いったん》、外の空気を吸いに行こう」

そう言われて、首根っこを摑《つか》まれて外へと〈転移〉したからだ。

「……はぁ」

外に出て一番初めに出たのは、アーシュラさんのため息だった。

「……あのアンドロイドは第四庭園の管理下にある。つまり、わたしが、どうこうできるわけだ。念のため、おまえの茶番の記録を消しておいてよかった」

「……助かりました」

「おまえ、本当に危なかったぞ。ハルの質問が『私掠官に変わった様子があったか？』じゃなくて『昨日の二十時頃《ごろ》なにをしていたか？』だったら終わってたぞ。アンドロイドには、そこだけ記録がないんだからな……」

アーシュラさんの言うとおりだ。本当に危なかった。

「本当におまえはテロリストと関係はないんだな？」

「はい。それは本当です。僕は庭国側の人間です」

「信頼《しんらい》してもいいんだな？」

「……はい。絶対、庭国の役に立つことができます」

「そうか。ならわたしはお前の味方だ。忘れるな」

納得《なっとく》いってないだろうに、アーシュラさんは僕に背を向けた。

「今日はもう帰っていいぞ」

「えっでも」

「いいから。あとは普通《ふつう》にテロリストの対策会議をするだけだろう。一度、自宅に戻《もど》って落ち着け。おまえは顔にですぎる」

アーシュラさんは踵《きびす》を返して、後ろ手を上げた。

「――あとは、わたしがなんとかしといてやる。気をつけて帰れ」

「…………」

そのままアーシュラさんはポータルへと戻っていった。

◆　◆　◆

半強制的に帰らされた僕は自宅への帰路についていた。

――いや、きっとこれでよかったのだろう。僕はあの場に居なくてよかった。

あの人達は優秀《ゆうしゅう》だ。今回は運が良かった。優秀な人間に疑われて、優秀な人間が守ってくれた。今回は、アーシュラさんが助けてくれたからなんとかなった。拡散回路の数値が示すとおり、僕とあの人達には雲泥《うんでい》の差がある。

僕は零《ぜろ》で、あの人達はトップクラス。僕とあの人達では人種が違《ちが》う。


自宅に〈転移〉すると人の気配がした。

玄関《げんかん》という概念《がいねん》がない庭国の家は、すぐにリビングに出る。

リビングには出るときに爆睡《ばくすい》していたモアがいた。モアは僕がベッド代わりに使っているソファを占領《せんりょう》していた。オートメーション機能で作ったピザをもぎゃもぎゃと口を動かして食べていた。……レイにご飯をお願いしていたのに帰ってしまったのか。

「起きたんだね」

まあモアはしあわせそうな顔で食べていたので、別に良いかと思った。たっぷりチーズが載《の》っかったピザを口いっぱいに頬張《ほおば》っている。オートメーション機能のご飯はおいしいのだ。

ピザを飲み込んでモアは返事する。

「そりゃ起きるわよ」

「ずっと寝《ね》てたから、少し心配してたんだよ」

「人を寝ぼすけみたいに言わないで。２１８４年に来てから寝不足なの」

本当に寝不足らしく、モアは大きくあくびをする。あれだけ寝ていたと思っていたのに。

いや、違うな。僕は昨日泣いていたモアを思い出す。

「ホームシック？」

「こ、子供扱《あつか》いしないでよっ！　２２０４年に未練なんかないわ。寒くて眠《ねむ》れなかっただけっ！」

ふんっ！　とそっぽを向かれる。でも、怒《おこ》っている感じじゃない。チラッと僕を見ていた。

「寒かったんだね。ＡＤを使えばいいのに」

それが強がりだと知っていて、僕はあえて軽い感じで言った。

「ＡＤの体温調節って、あんまり好きじゃないのよ。慣れてないと言うか……庭国の崩壊《ほうかい》後、人類は自給自足《アーミッシュ》みたいな生活をしてたからね。あたしがＡＤを使うようになったのも、10歳くらいからだし」

昔だとエアコンが肌《はだ》に合わないような感じだろうか。

庭国では物心ついたときくらいに、ＡＤをつけることになっている。拡散回路を持つのもそのときだ。未来の人間の方がＡＤに慣れていないというのは、変な感じがした。

「ちょっと気になっていたんだけど、庭国が崩壊したあとの人類ってどうやって科学力を維持《いじ》していたの？　モアのＡＤだとむしろ進歩してるよね？」

モアは強い。それはＡＤの神経系の強化が向上していたから、みたいなことを言っていた気がする。庭国崩壊の未来でも科学が進歩している。それもタイムマシンができてしまうくらいには。

「さっきも言ったけど比較的《ひかくてき》最近になるまで、ＡＤとか使えなかったの。ただ庭国崩壊後、サイファレンス以外にも人工知能はあって、人の手元を離《はな》れて独立した人工知能がシンギュラリティを起こした。人工知能が人工知能を生み出して指数関数的に科学が発展するってやつね。庭国でのことがあって抵抗《ていこう》のある人の方が多かったけど、やっぱり便利なモノは使われるようになる」

「……なるほどね」

文明の終わりからの始まり。と言うよりは、一旦途切《いったんとぎ》れただけと言ったほうが正しいか。

モアのＡＤが優秀なわけだ。

「今度はこっちから質問。あたしが寝ている間、アオはどこ行ってたの？」

「ちょっと仕事で呼ばれてね。死ぬかと思った」

「あんた昨日も死にかけてたけど……どんな生活してるのよ」

口頭で僕は今日、会議があって疑われたことを話した。

「……そう。アオ……あんた危なかったのね」

なぜか申し訳なさそうにモアは言った。

「……それに、よくそんな状況《じょうきょう》をごまかせたわね。……すごい」

「運が良かっただけだよ。上司が機転をきかせて助けてくれたんだ」

アーシュラさんがいなければ、あそこで完全にバレていた。

「……あたしのこと言わないでいてくれたんだ」

なにやら、ぼそぼそとモアは言う。顔を赤らめて、うれしそうにもじもじしていた。

「寒いの？」

「別にそんなんじゃないわよっ！」

なぜか怒られる。なんだ。寒くないのか。急にもじもじするから、そうなのかと思った。

僕が謝ろうとすると、くしゅんっ！　とモアはくしゃみをした。

「……やっぱ寒いの？」

「そうだけど……そうじゃないのよ」

納得のいかない顔だったけど、やっぱり寒そうだ。

ＡＤの体温調節は苦手のようだし――

「そうだ。服、買わない？」

「服！」

その考えはなかったらしく、モアは心の琴線《きんせん》に触《ふ》れたように声をあげる。

「なにか羽織るものがあればだいぶ違うし、あったほうがいいんじゃないかな。それに、その格好だと目立つしね」

未来では標準装備なのかもしれないが、モアの格好は庭国では目立つ。

「そうね……いいと思うわ！」

「じゃあ、なにか買おうか。∧転移∨があるからすぐ買えるよ」

ＡＤを開いて画面を∧共有∨しようとする、が。

「えっ買いに行かないの……？」

「この場で買えるよ？」

「じ、実物がみたいわ。街に行きましょ」

モアは目を輝《かがや》かせて、窓のほうを指さす。ちなみに街はそっちではない。

「この場でも材質もわかるしホログラムで試着もできるよ」

「そんなのダメよ。あたしは実物が見たいの。街に行きましょ」

「………………」

外だと目立つから服を買おうと思っていたのに、外に出て服を買いにいくのは本末転倒《ほんまつてんとう》な気がした。

「服売ってるところあるんでしょ？　街に行きましょうよ」

……やけに街に行きたがっている。

「あるけどさ……もしかして、庭国をうろつきたいとか？」

「ち、違うわよっ！　なんであたしが庭国なんかうろつきたがるのよ！　ど、動機がないわっ！　街なんてどうでもいいから！」

……そんなに必死に否定しないでもいいのに。モアの視線は泳いでいた。

まあいいか。モアにとって庭国にあるものは珍《めずら》しいのだろう。人工知能との邂逅《かいこう》があるまで、自給自足《アーミッシュ》のような生活をしていたと言っていたし、華《はな》やかなものに憧《あこが》れるのは、女の子なら当然なのだろう。

「じゃあ、行こうか」

「やった……ごほん！」モアは不自然に咳払《せきばら》いをする。「め、目立つと不便だし、街に行くしかなさそうね」

素直《すなお》じゃない。

ショッピングモールにも当然、ポータルはあってすぐに行けるのだが「ポータルだと履《り》歴《れき》が残るでしょ！」と言ってわざと遠回りをしてみたり、モアは明らかに庭国の景色を楽しんでいた。

手入れの行き届いたヴァンダルシアには目もくれず、イルミネーションに目を輝かせていた。アンドロイドが出入りしているビルディングの群れに、電光飾とホログラムが光る。誰《だれ》も居ない遊園地のように、人がいるのが当たり前の場所に誰もいない。ここは人通りは少ないが、そのなにもない空間さえ建設の一部のように感じる。細い円柱が無造作に動く。白一色だと思っていた建物が色を変えていく。僕はランニングコースなので見慣れているが、それでもきれいだと思う。モアに関しては「わぁ〜〜っ！」と思いっきり声に出していた。別に街なんてどうでもいいのではなかったのか。ふとかわいいなと思ってしまった。

モアはすっかりご機嫌《きげん》だったのだが、

「やっぱ目立つのかしら」

小さく身体《からだ》を捻《ねじ》って、自分の身体を見る。

人通りが少なくても長く歩けばときどきすれ違う。人の視線が気になるらしかった。

「やっぱり家で買えばよかったかもね」

ただでさえモアはかわいいから目立つ。自然と目で追いたくなるような、うまく言えないけど華がある。

「どうする？　服を買いに行くための服をこの場で買うこともできるよ？」

ＡＤからテキトウなアウターをこの場で買っても、∧転移∨ですぐに手元に出せる。

「……なにそれいやよ。もったいないわ。それに間に合わせで買った服がかわいそう」

いやだそうだ。とは言いつつも、やっぱり気になるようで、自分の身体を抱《だ》きかかえるような仕草をする。それに寒そうだった。

僕は自分の着ているアウターを脱《ぬ》いでモアの肩《かた》にかけた。

「とりあえずそれで。これなら文句ないでしょう」

本当は庭国の関係者以外着ちゃダメなんだけど、まあ短時間だしいいだろう。

モアは一瞬《いっしゅん》、目を丸くしたあと、

「うん。ありがと」

不意にやさしく笑うから、僕は慌《あわ》てて目をそらした。

タワー型の建物の中に∧転移∨した。ショッピングモールのセレクトショップの中に出る。客は少ないが、店内をうろうろして買い物をしたい人も少なからずいる。そのためにこういった施設《しせつ》が設けられている。

「いらっしゃいませ！」と店員のアンドロイドがモアと僕を見て、ばちばちの営業スマイルをかましたあと、数秒で僕たちが店員に話しかけられたくないタイプの客だと判断して、「ごゆっくりどうぞ」とだけ言い残して引っ込んでいった。

察しが良くて助かる。なんて優秀《ゆうしゅう》な店員だろう。斯《か》くあってほしいものだ。

モアは店内をうろうろとしたあと、神妙《しんみょう》な顔で最適な形で並べられた服の群れを見つめる。

「……来たのはいいものの。あたし、あんまりこういう場所に来たことないのよね」

「そうなんだ」

僕の想像以上に、モアはＡＤを手に入れるまで、インフラが整っていない時代に生きてきたのかもしれない。

「うーん……どれがいいのかしら」

「なんなら、ここにあるもの全部買えるけど」

僕はそんな提案をしてみる。

「えっそんなことできるの？」

衝撃《しょうげき》を受けたようで、モアは口を開けたままこっちを見る。

「うん。庭国で働くと特権としてね。一般《いっぱん》に普及《ふきゅう》しているものは手に入れられるんだ。それに僕は拡散回路がないから」

通常なら、売買も拡散回路でする。拡散回路を持たない僕は庭国で働いていないと生活すらおぼつかない。

「拡散回路……いや、いいわ。それじゃ来た意味ないもの。そうだ！　一着でいいからアオが選んでよ」

「えっ僕が？」

「うん。お願い。あたしじゃ、よくわかんないから」

僕は服とかあんまり買わないから、どうしたものか。基本的に庭国に支給された制服を着ているし。

「そうだなあ。動きやすいもののほうがいいよね……」

近くにある日についた赤いアウターを手に取った。

「これなんかいいんじゃない？」

「ちょ、ちょっと派手じゃない？」

「モアなら似合うと思うよ」

「そ、そう、かな」

「着てみなよ」

アウターだからその場で着てもいいだろう。モアの背中に回って服を着る手助けをする。

「へ、変じゃない……かしら」

モアは恥《は》ずかしそうに顔を真っ赤にして、服の裾《すそ》を持ってこっちを見た。ふとももが少し隠《かく》れる位置まであるアウターは、赤が映《は》えてモアによく似合っていた。

「いいんじゃないかな」

「ほ、ほんとに？　嘘《うそ》じゃない？」

ぱぁとモアは表情を明るくする。

「うん。かわいいし、それにかっこいいよ」

「そ、そうかな。そうかな」

くるくると身体を捻って、店内の鏡を見ている。顔を赤くしたままだけど、自然と笑《え》みがこぼれてモアは楽しそうだった。

「うん！　じゃあ、これがいいわ」

「他《ほか》にも、たくさんあるけど……いいの？」

「ううん。いいの。これにする！」

モデルがいいから、なんでも似合うだろうしもっとたくさん試着すればいいのにと思ったけど、本人が気に入ったのならそれでいいだろう。僕はＡＤを操作する。

「……よし、じゃあそのまま着て帰って大丈夫《だいじょうぶ》だよ。店を出れば自動的に会計が済まされるから」

「そ、そうなんだ」

モアは、いそいそと店を出て、僕に振《ふ》り返った。

「アオ、ありがとね。大切にするから」

久しぶりに真面目《まじめ》に働いてきて良かったな、と思えた気がした。

◆　◆　◆

自宅に戻《もど》る。帰り道もモアはポータルを使いたがらないので、割と時間が経《た》った。でも悪くない気分だった。

というか、今更《いまさら》気がついたけど、さっきまでのはデートと言うのではないだろうか。そう思うともう少しだけ、遠回りをして時間を潰《つぶ》せば良かったと、家に着いてから後悔《こうかい》した。

「……寒いね」

外よりはマシだが自宅に戻っても、夜にさしかかるとさすがに冷える。

僕はオートメーション機能を使ってホットコーヒーを手元に〈転移〉させる。

「あっ！　あたしもなにか呑《の》みたい。コーヒーがいいわ」

ご機嫌な様子でモアは言った。家に帰ってからずっと機嫌がいい。

「コーヒーね。わかった」

オートメーション機能の使い方を知っているのだから自分で使えばいいのに、と思いつつも頼《たの》まれた通りコーヒーを用意する。

渡《わた》してあげると、わずかにモアは微笑《ほほえ》んで「ありがと」と短く言ってカップを受け取った。素直にお礼を言われて僕は一瞬、見とれてしまった。話していて感じたけど、モアは二人で話しているときは機嫌がいい気がする。

だけど、一口呑むとおいしくなかったらしく、モアはべっと小さく舌を出した。

「ご、ごめん。苦かった？」

「……なんか、うすいわ」

問題は苦さではないようだった。

「ああ、そうか。たしかにうすいか。身体に悪くないコーヒーだからね。未来のとは違《ちが》うかも」

「……蒸留とかで濃《こ》くできない？」

不満そうに、ちびちびとカップに口をつけている。

「味自体はそんなに変わらないと思うんだけど……カフェインのことを言っているなら99パーセントカットだし……やるとしても労力に見合わないかも」

「ふーん。お酒とかはないの？」

「ないよ。あっても呑んじゃダメだよ」

「わかってるわよ」

庭国ではアルコールは禁止されている。酒気帯び状態では犯罪行為《こうい》をしたときにサイファレンスが正しく判定できない可能性がある。失楽園行きの問題もあるし、酔《よ》ってたらいつのまにか身体がなくなっているなんてホラーができあがってしまう。サイファレンスの前では心神喪失《そうしつ》や心神耗弱《こうじゃく》は言い訳にならない。医療《いりょう》関連のアルコールまで取り締《し》まられている。

「お酒が呑めないなんてかわいそう。アオあんた、生まれる時代を間違《まちが》えたわね」

心底同情するようにモアは言った。僕は少しだけ言葉の意味を考えて返事した。

「いや、生まれた時代は、多分間違っていなかったと思うよ」

「――？」

僕の言っている意味がわからなかったのか、モアは疑問符《ぎもんふ》を浮《う》かべる。

「そんなことより、未来ではお酒呑めるようになっているの？」

「うん？　ああそうよ。縛《しば》られるものがないからね。お酒おいしいわよ」

ふふん、とモアはお酒呑んだことアピールをしてくる。おい、15歳。いや……でも未来だとオーケーなら問題ないのか。

「知ってる？　いまから150年前くらいならどこでもお酒が買えたんだって」

もちろん、僕は知っていた。

お酒どころか——

「お酒どころか。150年前なら病院に行くだけで、神経系の薬——ベンゾジアゼピン系の薬品が山ほど手に入ったみたいだよ。社会問題にもなった」

「……詳《くわ》しいのね」

予想外の答えが返ってきたのか、モアは目を丸くする。

そのまま訝《いぶか》しむように僕に視線を向けた。

「……ねえ、ずっと気になっていたんだけど、アオの拡散回路はどうして零《ぜろ》なの？」

モアの疑問はもっともだと僕は思った。庭国では僕は異端《いたん》だ。拡散回路が零になった者は魂《たましい》の牢獄《ろうごく》、失楽園へ行くことになっている。

しかし、僕は失楽者になっていない。

「……それと言わなかったんだけど、未来では私掠官《しりやくかん》の情報はないわ。私掠官なんて言葉は調べてもどこにもなかった」

そうなのか。それは僕にとって意外な情報だった。

「アオ——あなた何者なの？」

何者か。

昨日まで、僕が思っていたことをモアに言われると、なんだか変な感じがした。

「別に隠すつもりはなかったんだけど——」

白い息を大きく吐《は》いたあと僕は言った。

「——僕は、いまより過去、この時代風に言うなら、二〇二〇年八月二十八日金曜日十三時二十一分七秒。地球が一兆六千八百一億一千六百二十三万八千三十一回転した時から、この時代にやってきたんだ」

◆　◆　◆

2020年。

まだ庭国の世界がSFの中でしかなかった頃《ころ》。ほんの一部でしか人工知能が人間の知能にまさっていた時代から僕は来たことになる。

僕は至って普通《ふつう》の学生だった。

中肉中背だったし、勉強の成績も並だった。事なかれ主義で、無難な人として周囲から扱《あつか》われてきた。色恋沙汰《いろこいざた》も人並みにはあったと思う。

ただ、剣道《けんどう》で全国区の実力であることを除けば。

だからと言って僕に剣道の才能があったかと言えばそうではなかった。剣道は武道ではあるが、体重制限や身長制限はない。ただ必死に食《く》らいついていただけだった。どうすれば自分より重い相手に打ち負けないのか、どうすれば自分より背が高い人間の頭を打てるのか。僕ができるのはいかに初速を速く動けるかだけだった。幸い目だけは昔からよかった。視力も、反射神経も。それが才能だと言われればなにも言い返せないのだが。だとしたら身長も体格も視力もいい人間もいるのだから努力だと思いたい。その技術だけを磨《みが》いた。

そして、結果に繋《つな》がっていった。大会で優秀《ゆうしゅう》な成績を収められるようになった。

だが、それで僕がすごいのかと言われれば僕自身はまったくそう思っていなかった。

マイナーな競技で、ほかの奴《やつ》らが努力しなかった分、僕が必死になっただけ。『あれだけの時間と労力をかけたんだ。結果を出して当然だ』そう冷めた目で見ている自分がいてあまりうれしくなかった。僕は才能だとか、特別ななにかがほしかったのだろう。

でも、剣道は嫌《きら》いではなかった。他に特にやりたいこともなかったから、大人になってもやっていくのだろうと漠然《ばくぜん》と思っていた。だが、剣道選手という職業は世知辛《せちがら》くも存在しなかった。世界大会もあるが兼業《けんぎょう》が現実的。道場の師範《しはん》は現実的ではないので、どこかの警察官とかになるのだろうなと思っていた。

——だけど、ある日、僕は２１８４年に来ていた。

２１８４年に来る前だと思われるその日が、二〇二〇年八月二十八日金曜日であることは覚えていた。

どうやって来たのかはわからないが、僕はヴァンダルシアが咲《さ》き誇《ほこ》る庭園にいた。

初めは、ただ静かに一面に咲く白い花を見て、「そうか、僕は死んだのか」と、身に覚えもないのに自分の死因を探していたのだが、すぐ警備ドローンが来て抵抗《ていこう》したのだが難なく僕は捕《と》らえられた。

それから、割と快適な部屋でアンドロイドが僕を尋問《じんもん》した。

物腰《ものごし》は柔《やわ》らかく、丁寧《ていねい》な対応だった。ご飯も出た。おいしかった。

ただ、質問は意味不明だった。一瞬《いっしゅん》外国語かとも思ったけど、それはたしかに母国語だった。

「最後に覚えている記憶《きおく》は何年何月何日何時何分何秒、地球が何回回ったときですか？」

どうして、そんな小学生みたいなことを訊《き》かれるのだろうと思った。

答えは単純明快。ここが未来の世界だからに他《ほか》ならなかった。

話を聞くにここは２１８４年で、僕は密入国者だと疑われているようだった。いくつか質問をされて僕はすべて正直に答えた。僕は２０２０年の普通の学生だと。アンドロイドは困ったように首をかしげていた。

身体検査を受けたあと、面会があった。

僕は２１８４年で初めて人に会った。

「君が過去人か」

アーシュラさんとはそこで初めて会った。

「事情は聞いている。おもしろいこともあるものだな。君がどうやってここに来たのかは知らないが、肉体年齢《ねんれい》や腸内細菌《さいきん》から２０２０年の人間で間違いないようだ。それもとびきり優《すぐ》れた身体能力を持っていると」

アーシュラさんは興奮した様子だったが、検査やらで疲《つか》れていた僕は、別に褒《ほ》められても嬉《うれ》しくなかった。

そして、衝撃《しょうげき》的な事実を知った。

「残念ながら、庭国には君を元の時代に帰してあげる技術力はない」

未来に来て一番驚《おどろ》いたことはタイムマシンがないと言うことだった。

２１８４年にタイムマシンがないのなら、僕はどうやって２１８４年にやってきたのか。

「仮説として挙げられるのは、ただの偶然《ぐうぜん》や事故。もしくは、わたしたちよりもっと未来の人間がなんらかの目的を持ってこの時代に君を送った。そう考えるのはどうだろう」

アーシュラさんは思いつきなのか自信なさそうにそう言っていた。

もっと先の未来の人間が僕を？

だとしたら、誰《だれ》が？　なんのために？

僕はこれからどうすればいい？

「いろいろと混乱することだらけだとは思うが他に選択肢《せんたくし》はない。過去のことは忘れろ。２１８４年で、庭国民として新たな人生を歩むがいい」

庭国での生活は初めは悪くなかった。

住むところとADを与《あた》えられて不自由することはなかった。ADは体内に埋《う》め込まれるのだが、大規模な手術は必要なく、注射をするような感じで埋め込まれた。庭国民はみんな生まれたときにADを身体にいれるのだとも教えられた。

庭国は楽園だった。娯楽《ごらく》に溢《あふ》れているし、ほしいものはだいたい手に入る。聞けば庭国民は仕事をしていないらしい。仕事はほぼすべて趣味《しゅみ》の話で、あとはアンドロイドやドローンが請《う》け負っているらしかった。

ADを使うのは楽しかった。思考だけで操作して、なにもないところから武器を〈再生《regeneration》〉する。それだけで僕は胸が躍《おど》った。ADをつけて身体を動かすと自分が超人《ちょうじん》になったようで楽しくて仕方がなかった。ADの恩恵《おんけい》は凄《すさ》まじかった。頭の中に電流が走ったような、走り続けているような。見える世界がまったく違《ちが》うのだ。神経系が鋭《するど》くなりすぎて、くすぐったいぐらいだった。初めは歩くだけで笑いが止まらなかった。傍《はた》から見ればさぞ気味が悪かっただろう。慣れると重力が弱まったみたいに身体が軽くて自由に動くことができた。

「2020年の人間に馴染《なじ》むか心配だったのだが、その調子だと大丈夫《だいじょうぶ》そうだな。十分すぎるくらいだ」

アーシュラさんは感心したように言っていた。2184年の基準では2020年の肉体は優秀だったらしく、加えて僕は鍛《きた》えていたこともあって超人的な力を手に入れていた。

「ただ、おかしなことが起きている」

――おかしなことですか？

「脳の可塑《かそ》性と言ってな、諸説あるが人間の脳はある一定の年齢を超《こ》えると成長――新しい感覚に対応できなくなるんだ。君の年齢はすでに庭国の基準を超えている」

――じゃあ、どうして僕はＡＤを使えるんですか？

「それがわからない。これはわたしではなくサイファレンスが出した結論だ。過去人についてのサンプルが少ないこともあるが、現状ではなにか別の器官でＡＤを操作しているとしか思えないそうだ」

――別の器官。

それはなにもわからないことを意味していた。

語りえぬものについては、沈黙《ちんもく》しなければならない。正しく判断できないと、もっともらしい理由で僕には拡散回路が与えられなかった。

結果、僕はこの時代から浮《う》いていた。

拡散回路が開示された世間で、僕だけ拡散回路を持っていない。他の人間は持っている。

そのことについて会話を広げていく。

人間の評価が極《きわ》めてわかりやすく数値化されているのに、僕はそれを持っていない。庭国の人々に僕がどんな人間であるか自己紹介《しょうかい》ができない。わかりやすい存在の証明がほしかった。

——どうして、拡散回路が持てないんだ。

社会のカーストにすら入れない孤独《こどく》。庭国民にとって、僕は異邦人《いほうじん》と変わらないのだ。かと言って2020年に戻《もど》りたいのかといえばそうでもない。

——僕はこれからどうすればいい？

ある日、アーシュラさんに呼び出されてこう言われた。

「アオ、君にはサイファレンスから特別に『私掠官』という役職が用意された」

そうして、僕は私掠官になった。

だから、僕は私掠官として庭国を守るのに躍起《やっき》になっているのかもしれない。

庭園の管理者と言った仕事は、人間に残された数少ない職業だとも言われた。僕にはありがたみがよくわからなかったが必死だった。

たまにある私掠官の仕事。エシを討伐《とうばつ》するのは、初めは気持ちが悪かったが、直《じき》に慣れた。

もともと、2020年にあまりやり残したこともなく、ホームシックになることもなかった。僕はきっと２１８４年に来ることができてよかったのだろう。そう思いたかったが、よくわからなかった。

――残ったのは、一つの疑問だった。

どうして、僕は２１８４年に来たのか。

理由なんてないのかもしれないが、僕はそれが知りたかった。

それを知っている人物がいるとするならば――そいつは。

未来人の他にいないだろう。

◆　◆　◆

かいつまんで説明を終えた。

「モアを見たとき、不思議と目が離《はな》せなかった。僕はあのとき、もしかしたら僕と同じ境遇《きょうぐう》の人間かもしれない。そう思ったんだ」

僕がタイムスリップしてきたように、いつか未来人と会えるかもしれない。そんな淡《あわ》い期待をいだいていた。

ヴァンダルシアの庭園でモアを見つけたとき、もしかしたらそうなのかもしれないと思っていた。

だけど、まさか本当に未来人に会えるとは。

「ねえモア。僕はどうして、２１８４年にいるんだろう？」

僕はそこでハッと気がつく。

モアの顔色が真っ青だった。

話のどこから、そうなっていたんだろう。モアの表情は昏《くら》く沈《しず》んでいた。

「……ああ、ごめん。ちょっといっぱい話しすぎたかな」

僕が謝っても、モアは表情を変えない。ふと口を開いた。

「……期待を裏切るようで申し訳ないけど、あたしはアオが２１８４年へ来てしまった理由はわからないわ」

ジッと見つめられる。距離《きょり》も近い。だけど、僕は締《し》め付けられるような思いになった。

モアはいまにも泣きそうな目をしていたから。

「アオ――あなたに言わなければならないことがある」

きっと大事なことなのだろう。モアの声は訴《うった》えかけるようだった。

「だけど、これから話すことは、アオを傷つけてしまうかもしれないわ」

「……急にどうしたの」

「真剣《しんけん》に言ってるわ。覚悟《かくご》して聞いて、本当にいい？」

　モアとまっすぐ視線が合う。

　これから話すことを聞いたらもう取り返しがつかない、そう言われた気がした。

「……わかった。話して」

　僕は深くうなずいた。

　僕はこれから、モアからいろんな情報を聞くことになる。そこには、信じがたい事実の一つや二つはあるだろう。ここで逃《に》げるわけにはいかない。

「アオはシリャクカンで庭園の警護をしてるって言った」

　たしかめるような声だった。

「ああそうだけど」

「シリャクカンはアオ一人だけよね？」

「僕一人だけ。庭園の管理人はいるけど、私掠官じゃない。サイファレンスが僕にだけ用意した役職だよ」

「……じゃあ一人のシリャクカンは、なにから庭園を守ってる？」

　核心《かくしん》的な質問だった。

　一度、レイからも同じ質問をされたことがある。そのときはなんとかはぐらかした。レイには過去から来たことは話したけどエシについては話していない。エシのことは、一般《いっぱん》人には開示されていない情報だし、怖《こわ》がらせてしまうと思ったからだった。

——そう言えば、モアは一度もエシについて触《ふ》れてなかったっけ。

「化け物からだよ。さっきもさらっと話したけど、他国からの生物兵器が庭国に送り込まれている。僕たちはその化け物のことを『エシ』と呼んでいる。私掠官の主な任務はその化け物を討伐することだよ」

「エシね」

知っている単語だったのだろう。すぐに反応を示す。

「……最悪……最悪よ。拡散回路の影響《えいきょう》を受けないからこそできるわけね」

モアは一人で納得《なっとく》する。

……最悪？　僕にはまだピンとこなかった。

「そのエシをどうしてアオが討伐しているの？」

モアの口調が質問しているふうではなくなる。

モアはおそらくその先の答えを知っていて僕に質問している。

「エシを討伐する際、ヴァンダルシアの花や庭園を必要以上に傷つけないためじゃないかな。警備ドローンだと必要以上にヴァンダルシアを傷つけてしまう恐《おそ》れがあるとか」

「人のほうが傷つけない？　本当にそうかしら。昔から戦場は機械の独壇場《どくだんじょう》だった。機械のほうがもっとうまく殺せる。より確実に。より丁寧《ていねい》に。だからこそ、庭国民は仕事をすべて人工知能に奪《うば》われ遊んで暮らせていると思わない？」

たしかにそうだ。

言われてみれば簡単なことなのかもしれない。

「じゃあ、なんでアオはエシから庭園を守っているのか。それは人間がエシを討伐したほうが都合がいいから。機械にできなくて人間にできることってなんだと思う？」

エシについてばかりモアは話す。

機械にできなくて人間にできること。

一昔前なら、機械――人工知能は言葉と言った抽象《ちゅうしょう》的なことが苦手だった。だけど2184年現在、サイファレンスは、抽象的なことを訊《き》かれても人間以上にそれらしい答えを導き出すことができる。

物理的な制約でも、自然言語処理でもない。

じゃあ、機械にできなくて人間にできることは――

「……責任？　あっ、でも法整備が進んでサイファレンスでも条件次第《しだい》では決定権を持てるから違う？」

昔、機械は人間が使う計算機でしかなかった。人間が使う道具だった。管理する権限があるのは人間側。なにかを決断するときの決定権は人間にある。それは、いまもその名残《なごり》が残っている。

モアは目を伏《ふ》せて頷《うなず》く。

「責任で合ってるわ。サイファレンスが決定権を持つようになっていった。だけど、根本的に変えられないものもあった」

根本的に変わらないもの。

この命が大事にされすぎている時代で、機械が人間を支配できないように根源的に仕組まれた回路。

いまもドローンができないこと。

ちょっと待ってくれ。

僕はやっと気がついてしまう。

僕が庭国に拡散回路を与《あた》えられなかった理由。

「機、械、は、人、間、を、傷、つ、け、て、は、い、け、な、い、か、ら」

エシはヘモグロビンの赤い血を出す。

モアは続ける。

「機、械、は、エ、シ、を、殺、せ、な、い、」

エシには発声器官がある。

モアは答えを言う。

「エ、シ、は、人、間、が、変、異、し、た、も、の、だ、か、ら、よ、」

◆　◆　◆

僕は、前に一度だけ拡散回路が零《ぜろ》になって失楽者になった人間を見たことがあるような気がする。

曖昧《あいまい》なのはあれが夢なのか現実なのか判断がつかないからだった。

現実味がない、浮《う》き世離《よばな》れした光景だった。

一言であれを言いあらわすなら、あれはもう死人だった。

魂《たましい》が抜《ぬ》けて落ちたみたいだった。

精神喪失《そうしつ》。

サイファレンスのメディカルを受けてもあの調子だったのか、それとも拒《こば》み続けた結果ああなったのか。赤の他人の僕にはわからない。

きっと誰《だれ》からも愛されず忘れ去られた人間は、ああなってしまうのだろう。

数秒後、男は倒《たお》れて失楽者になった。

その瞬間《しゅんかん》だけ写真にとったみたいに僕は覚えている。

倒れる瞬間、男が笑ったような気がしたのだ。

なにか憑《つ》き物が落ちたような、しがらみから解放されたような。

肉体を魂の牢獄《ろうごく》と言ったプラトンが正しかった証明のように。

庭国民は、誰よりもおなかが空《す》いたら食料をとることや、眠《ねむ》たくなったら睡眠《すいみん》を貪《むさぼ》ること、寒くなったら体を温めることを喜びだと感じていたはずなのに。

◆　◆　◆

頭痛がする。

「……ねえ、大丈夫《だいじょうぶ》？」

耳鳴りが消えない。やまない。

「ねえってば！」

僕はハッとする。聞こえていたのに、やっと声が入ってきた気がした。目の前には未来からやってきた少女モアがいる。

「ごめん……少しめまいがした」

「……そう。つらいならやめる？」

「いや大丈夫」

僕は即答《そくとう》する。

「……モア全部教えてよ。――エシってのはなんなんだ」

「……いいわ。教えてあげる。あたしの知っている範囲《はんい》ならいくらでも」

ここまで来たんだ。

すべてを知りたい。

自分がなにを殺してきたのか。

「前に話したヴァンダルシアの毒。それが、人間が黒い化け物――エシになる原因よ」

あの花が原因で——あの化け物が——人間。

——いますぐ庭園をすべて焼き払《はら》ったほうがいい。でないと恐ろしい数の人間が死ぬ。

オーウェルの言葉が頭の中に浮かんだ。

やっぱり、あいつは全部知っていて。

ただの狂人《きょうじん》の戯《ざ》れ言ではなかったのだ。

「……エシが人間なら、どうして庭国民にエシの存在が知られていないの？」

僕の感覚だと不自然に感じた。元が人間であるなら、そこにはつながりがあるはずだ。家族はもちろん友人関係。庭国に大学はないけど、12歳までは仮想空間《オルタナティブ》で教育を受けることになっている。化け物になったとしても、一人くらいは交流があって覚えていてもおかしくはない。誰かが気づいていてもおかしくないはずだ。

「拡散回路が零になった人間は失楽園行きになる。それは知ってるでしょ？　そこにエシになった人間も数に含《ふく》めて処理しているのよ」

エシになったら失楽者と同じ扱《あつか》いになるわけか。

「そんなことでごまかせるの？　一人の人間がいなくなってるんだよ」

「それが、案外バレなかったみたいね。原因はわかってないんだけどヴァンダルシアの毒は拡散回路の低い人間のほうがまわりやすいの。こう言うのもなんだけど……拡散回路が低い人間のことなんて誰も気にしていないのよ。たとえ失楽者になろうともね」

――誰も気にしていない。

それはなんて寂《さび》しいのだろうか。

もともと拡散回路は、不平等を容認《ようにん》することで不平等をより少なくするために作られたシステム。だからこそ、たとえ家族や友人であろうと拡散回路が低い人間のことなんて誰も気にしなくなってしまう。

それを誰もおかしく思っていない、そういうことだろうか。

庭国に来てから僕も少しずつ、おかしな空気に気づいていた。倫理《りんり》観さえ変わってしまえばこれでも人類にとって幸せなのかもしれない。２０２０年から来た僕はそう言い聞かせてきた。

――だけど、それでも、庭国はおかしいと僕は感じていた。

働かなくても衣食住を保障されている楽園でも、誰からも認知されずに死んでいく。そんな人生はひどくむなしいものに感じた。

庭国は人工知能に――人類は支配されている。

これで、本当にいいのだろうか？

「……エシになった人間は、どうしてヴァンダルシアの庭園に集まってるの？」

僕はまだエシが人間だって信じたくない。少しでも思いついた矛盾《むじゅん》点を指摘《してき》せざるを得なかった。

「それはあたしにもよくわからないけど、おそらくドローンがエシになった人間を捕《と》らえて閉じこめておいたのを庭園に解放しているのよ。そこで私掠官に殺してもらう。庭園は一般《いっぱん》人は入れないしちょうどいいと思ったんでしょ。さっきも言ったけどサイファレンスはエシの問題を理解した上で放置している」

機械は——人間を傷つけることができない。

だから警備ドローンの主な目的は対象の無力化にある。捕らえることはできても殺すことはできない。

人工知能は間違《まちが》えないが、逆に言えば究極的に融通《ゆうずう》が利《き》かない。

だから、拡散回路に縛《しば》られない僕を利用してエシを殺させていたのか。

「……ははっ、そっか」

無性《むしょう》に笑えてきた。考えてみれば至極《しごく》、簡単なことだったと思う。僕より警備ドローンのほうがエシをうまく殺せる。そんなの少し考えればわかる。ちょっと考えればわかることじゃないか。ドローンは人間を傷つけることはできない。エシになってもADに内蔵された拡散回路の数値が残っているから人間だと扱う。だから、僕に討伐《とうばつ》を命じていた。

僕は客観的になれていなかった。エシについては極秘情報だったから上司のアーシュラさん以外に話すことができなかった。狭《せま》い意見の中にいて取り残された結果、僕は間違いに気づくことができなかった。

僕はとにかく必死だった。私掠官《しりゃくかん》に任命されてから右往左往しながら今日までずっとやってきた。

あの日、目の前で死んだ拡散回路の低い人間を見て、理不尽《りふじん》に死んでいく人を助けたいと思った。

拡散回路に縛られない僕なら、高い人間に理不尽に殺されるのを止められる。そう思ってきたから、そうすれば、人の助けになると信じてきたからだ。

それなのに、僕がやってきたことは、ただの人殺しだったなんて――

「アオ……」

同情するようにモアは僕を見た。

「この国がどれだけ腐《くさ》っているか。よくわかったと思う」

ああ、よくわかった。モアがサイファレンスを毛嫌《けぎら》いしている理由も納得《なっとく》だった。

「でもサイファレンスは何もしていないわけじゃない。現在は食い止めるワクチンができてエシ化を止めることができている。庭国が崩壊《ほうかい》しなければこれ以上犠牲《ぎせい》はでない。アオが殺してきたエシはもう仕方がなかったのよ。ああなった以上はもう元には戻《もど》れない。あれはもう人間じゃないのよ。サイファレンスは拡散回路があるから、あれを人間だと認識《にんしき》せざるを得なかっただけ。アオが殺してきたのは人間じゃなくて化け物よ。あなたは悪くない」

僕は悪くない。

本当にそうだろうか。

これまでエシを——元人間をこの手で殺してきて、悪くないと言っていいのだろうか。

人間を非人間化して罪の意識から逃《のが》れようとしているだけではないのだろうか。

拡散回路を持たない僕にはわからない。

僕はこれから、どうすればいい？

——そのときだった。

ＡＤの緊急《きんきゅう》通知がなった。

サイファレンスからの直接通達だった。

——第四庭園にエシ大量出現。

一瞬《いっしゅん》、なにが書いてあるか意味がわからなかった。

エシが大量出現？

いいや違《ちが》う。あれは元人間なのだから自然に出現しない。ヴァンダルシアの毒で人間がエシになるのなら、エシは出現しないし、ワクチンがある限りこれ以上増えない。僕が出現したと思っていたエシは、どこかに捕らえていたものを庭園に放っただけだ。大量出現なんてするはずがない。第四庭園に現れるエシは人為《じんい》的な――いやサイファレンスが設置したものだからだ。

それが大量出現した――どこかに集めていたエシが逃《に》げ出した。

そうか――庭園の中にエシを隠《かく》していたのか。庭園内なら都合がいい。それがなんらかの原因で逃げ出してしまった。

サイファレンスがミスをするはずがない――原因は人為的なもの――

――オーウェル。

あいつだ。あいつなら――第二庭園を全焼《ぜんしょう》させたあいつなら、また同じように庭園に入ってエシを解放することができる。

また通知がなった。

――先に行ってる。

それはアーシュラさんからのメッセージだった。

頭がまっしろになる。

「アーシュラさん……」

「えっ？　アーシュラ？」

先に行ってる……アーシュラさんは先に第四庭園にいるエシを止めに行ったんだ。

ダメだ。

行ってはいけない。

拡散回路を持った人間がエシと戦ってはいけない。

エシは拡散回路を持った人間と同じ扱いだ。

だからこそ、拡散回路の影響《えいきょう》を受けない僕が、殺すように仕向けられてきた。

もし、アーシュラさんが――エシを攻撃してしまえば、その数値分、拡散回路が引かれてしまう。

人間はエシと戦ってはいけない。

万が一、アーシュラさんの数値が零《ぜろ》になってしまえば――

アーシュラさんに通話をかける。

――ダメだ。でない。

「……アオどうしたの？」

「モア……」

思考が追いつかない。この状況《じょうきょう》をどう説明したらいいだろう。

いや、そんなことをしている場合ではない。早く止めないと。

「——待って」

手を握《にぎ》られる。

「モアごめん。僕行かないと……」

「アーシュラがどうかしたの」

どこか明瞭《めいりょう》な響《ひび》きのある声だった。

「アーシュラさんを知ってるの？」

「うん。あたしは……そのために庭国に来たから」

「……どういう意味？」

「いまは説明している暇《ひま》はないんでしょ？　アーシュラになにがあったの」

モアに促《うなが》される。不思議と思考が落ち着いてくる。

「……アーシュラさんが第四庭園でエシと戦っているかもしれない」

先に行っている以上そうなる可能性がある。

モアは一瞬、逡巡《しゅんじゅん》した表情を見せたあと、声を少し大きくして言った。

「……第四庭園よね？　急ぎましょう」

モアの姿が∧転移∨で消えた。僕もあとに続いた。

嫌《いや》な予感がしてならなかった。

——頼《たの》む間に合ってくれ。

僕とモアは第四庭園へと向かった。

< interlude / 2184 / 08 / 30 / 20 : 50 : 07 / 1680116297933 >

第四庭園。

——これが人間の末路。

オーウェルはまるで商品のように並べられたエシ達の檻《おり》を見る。個別に隔離《かくり》されて一体一体中が確認できる透明《とうめい》な檻の中にいる。第二庭園が全焼した日、オーウェルはすでにこの檻の存在を知っていた。どうにか、これを使って庭国を滅《ほろ》ぼすことができないか考えていたが、いまいち面白《おもしろ》い考えが浮《う》かばなかった。

サイファレンスはエシを人間として扱《あつか》っている。それは人間がエシに変異しても拡散回路が残っているからだ。

つまり、システム上、エシは人間となんら変わりはない。暴力を振《ふ》るえば規定分数値が引かれるし、殺せば人間だったころの拡散回路分、数値が引かれるはずだ。逆もまたしかりでエシが人間を攻撃した場合はその分、数値が引かれる。オーウェルがエシの正体に気がついたのも、これが理由だった。以前、オーウェルはエシと戦闘《せんとう》になったことがあった。そのときエシはダメージを負っていないにもかかわらず、拡散回路の減少により死んだ。

オーウェルは檻を破って一体のエシを出した。エシは解き放たれた獣《けもの》のように近くにいたオーウェルに爪《つめ》を向けた。

「おいおい、勘弁《かんべん》してくれよ。昨日まで大怪我《おおけが》してたってのに」

オーウェルは避《よ》けなくてもいい攻撃を躱《かわ》すとエシの身体を殴《なぐ》った。エシは苦しそうに地面に倒《たお》れる。

「二重思考《Doublethink》──俺はいまから殺人を犯《おか》す。だが、俺は殺人を犯してはいない」

オーウェルはそう宣言した。

言っていることは明らかに矛盾《むじゅん》していた。

地面に倒れたエシの身体を摑《つか》む。エシは弱々しく声を上げた。

オーウェルの拡散回路は変わらない。

エシの身体をちぎった。

オーウェルの拡散回路は変わらない。

エシの身体を潰《つぶ》した。

オーウェルの拡散回路は変わらない。

エシは動かなくなった。

オーウェルの拡散回路は変わらない。

「人の命なんて、こんなものだよ」

オーウェルは動かなくなったエシを踏《ふ》みつけた。

「所詮《しょせん》、身体もただの物体にすぎない」

――サイファレンスに俺を裁くことはできない。

オーウェルは特別なことをしているわけではない。ただ本人がそう思っているから拡散回路が減ることは決してない。

オーウェルの頭の中には二重思考《Doublethink》が世界を作っていた。二重思考《Doublethink》は、ジョージ・オーウェルの『一九八四年』に登場する思考法だ。一つの精神が同時に相矛盾する二つの信条を持ち、その両方ともを受け容《い》れることができる。自身がオーウェルを騙《かた》っているのも、かの有名なジョージ・オーウェルに敬意をこめてのことだった。二重思考《Doublethink》をする者は自分の心の中にある対立した信念を同時に信じ込み、対立が生み出す矛盾のことを完全に忘れることができる。次に、矛盾を忘れたことも忘れる。さらに矛盾を忘れたことを忘れたことも忘れ、以下意図的な忘却《ぼうきゃく》のプロセスが無限に続く。

二つの思考の重ね合わせ状態、要するにそれは自分にとって都合のいい現実だけを見るクオリアの操作だ。

オーウェルは∧鋼糸∨を∧再生《regeneration》∨した。それを檻に向けて振るう。一斉《いっせい》に割れるような音が辺りに響《ひび》いた。エシ達を捕《と》らえていた檻が割れていく。数百体のエシが外に放たれる。

解き放たれたエシ達はお互《たが》いの身体を重ねていく。それは食《く》らっているようにも見えたし、やさしく抱《だ》きしめているようにも見えた。

合わさったエシ達は巨大《きょだい》化していく。初めは小さな点に見えたが、一人、二人……数十人と点は大きくなり、身体を肥大化させていく。

――これが個別に隔離していた理由か。思ったよりおもしろいことになりそうだ。

オーウェルは不敵に笑うとその場をあとにした。

巨大なエシという災害を残して。

君と僕との
世界再変
リ・ガーデン

TIPS 03

<dictionary>

<word>**【二重思考(Doublethink)】**</word>

<description>

二重思考、ダブルシンク。ジョージ・オーウェルの『一九八四年』に出てくる造語。

二重思考は、一つの精神が同時に相矛盾する二つの信条を持ち、その両方とも受け容れることができる思考方法。二つの思考が重ね合わせ状態にあるとも言える。二重思考をする者は自分の心の中にある対立した信念を同時に信じ込み、対立が生み出す矛盾のことを完全に忘れることができる。次に、矛盾を忘れたことも忘れる。さらに矛盾を忘れたことを忘れたことも忘れ、以下、忘却のプロセスが無限に続く。

</description>

</dictionary>

第5章
二重思考
Doublethink

< part : number = 05 / 2184 / 08 / 30 / 21 : 17 : 47 / 1680116297933 >

庭園に入ると訳もなく肌《はだ》がざわついた。

ポータルがえぐれていた。惨憺《さんたん》たる破壊《はかい》の跡《あと》。爪跡《つめあと》。巨大ななにかが暴れたあと。ポータルには昨日までいたはずのアンドロイドの姿はない。突然《とつぜん》、襲《おそ》われたのだろうか、人型だったアンドロイドの壊《こわ》された残骸《ざんがい》だけがあった。原形をとどめていない箇所《かしょ》は、粉々に散らばって瓦礫《がれき》の一部になってしまったのかもしれない。そう思うと心が痛くなった。

一部、瓦礫がどかされて地面が露出《ろしゅつ》している箇所があった。そこには馬鹿《ばか》にしたように、こう書かれていた。

『two and two make five』

ジョージ・オーウェルの一節。

あいつだ。やっぱりあいつがやったんだ。

僕とモアの間に会話はなかった。

いつもとは違《ちが》う第四庭園。うまくは言えないが、嫌《いや》な空気が蔓延《まんえん》していたからだ。

とても静かな空間に、白い花が揺《ゆ》れている。

視線の先には、歪《いびつ》な昏《くら》い影《かげ》がいた。

いままで出会ったことのない巨大な生き物。美しく咲《さ》いていたヴァンダルシアは、そこだけ切り取ったように化け物の周りにない。

警備ドローンの残骸と、ゴミのようにぐちゃぐちゃになったヴァンダルシア。その下は、えぐれたコンクリートが白くなっていた。

化け物の身体《からだ》が剝《は》がれていく。

ボロボロ落ちていく黒い塊《かたまり》が白い地面に落ちていく。ちょうど人、一人分くらいの昏い塊だ。それは人の形をしていた。あれは普段《ふだん》見るエシの姿だ。あの歪な生き物はエシなのだろうか。それが剝がれている。一人、二人、三人……まだ剝がれて落ちていく。しかし、それはさっきまで巨大な生物の一部だった。それはどういうことなのか。

――嫌な予感がした。

僕はその理由について考えたくない。

オーウェルの幻聴《げんちょう》が聞こえた。

――拡散回路は殺人を容認《ようにん》している。

もしあれがエシならあれは人間扱《あつか》いで、それが減る要因。

化け物が小さくなったということは繫《つな》がれているＡＤの数が減って機能しなくなったということ。

それは強大な誰《だれ》かの拡散回路を破壊した代償《だいしょう》なのではないかと。

少し離《はな》れた場所に人が倒《たお》れていた。


僕以外に庭園に入れる人間は限られている。

僕より先に庭園へと向かった人。

「あっああ……」

まさか、嘘《うそ》だろ。

「……アーシュラさん」

倒れていたのはアーシュラさんだった。

「アーシュラさん」

僕は近づく。

息がなかった。

頭がまっしろになる。

アーシュラさんがやられるはずがない。

きっと違う。なにかの間違いだ。そうだ。アーシュラさんがエシを殺した。エシなんてアーシュラさんの敵じゃない。それも何体も何体も殺したに違いない。結果、拡散回路が減り続けて——失楽者に。

　現実を直視する。

　アーシュラさんの拡散回路の数値はそのままだった。

　なのに意識はない。

　人体冷蔵《クライオニクス》だ。ＡＤをつけた人間が絶命しかけたとき、失楽者と同じで電子コード化して失楽園に送られる。

　失楽者と同じ、事実上の死。

　アーシュラさんは殺されたのだ。

　——誰に。

　数十メートル先に揺らめく巨大《きょだい》な影。あのエシにアーシュラさんは殺された。

「アーシュラ……そんな……」

　モアの声が聞こえた。アーシュラさんのすぐ隣《となり》にはモアがいた。

「なんで……どうして……あたしは、なんのために……」

　モアの声は震《ふる》えていた。状況《じょうきょう》がよくわからなかった。

　突然、化け物が消えた。

遅《おく》れて風が唸《うな》る音が聞こえた。風圧と轟音《ごうおん》。僕は吹《ふ》き飛ばされた。ヴァンダルシアの上を転がる。

一瞬《いっしゅん》、なにが起きたかわからなかった。

目では追えなかったが、僕は数十メートル離れた黒い化け物から攻撃《こうげき》を受けたのだとわかった。

化け物の姿が消えた。

また強く風が唸る。萎縮《いしゅく》してしまうような轟音。物理法則を無視したこの世界にあるまじき速さに大気が絶叫《ぜっきょう》していた。

姿が見えた、と思ったら僕は別の方向へ吹き飛んでいた。化け物に追撃されたのだ。口の中が鉄の味で一杯《いっぱい》になる。気持ちが悪い。思わず吐《は》き出す。見たこともない量の血が吹き出る。

――駄目《だめ》だ。このままだと殺される。

このまま黙《だま》って殺されるつもりか。冷静になれ。冷静にならなければ殺される。

「∧再生《regeneration》∨」

僕は武器を構える。立っているだけで精一杯だ。精神的なショックで気がつかなかったが思った以上に身体のダメージがでかい。ダメージをもらいすぎた。これ以上もらうと死ぬ。

　また化け物の身体が剝がれていく。痛覚があるのか化け物は苦しんでいるようにも見えた。入ってきたときより小さくなった化け物を見る。アーシュラさんがいなかったら、あの化け物はもっと強かったのか。

　――本物の化け物だ。

「モア！」

　思わずモアに向かって叫《さけ》んだ。

　モアは静止したまま動かなかった。化け物を警戒《けいかい》する気配はない。うつろな目で、ただ冷たくなったアーシュラさんを見つめていた。

「モア！　しっかりして！　このままだと殺される！」

　モアはピクリとも動かない。

　――まずい。

　モアはアーシュラさんをしっている。親しい関係であったなら、こうなるのは当然だ。僕だって身体中の血管が焼き切れそうなほど心臓が脈打ってなければ、冷静でいられない。

　――仕方がない。

　モアの下《もと》へ走った。その間に化け物に攻撃されないことを祈《いの》りながら駆《か》け抜《ぬ》ける。警報が鳴っている踏《ふ》み切りに入り込んだ気分だった。

一直線に走り抜けてたどり着く。

「モア。いまは目の前のことに集中するんだ」

肩《かた》を揺らした。

「……モアとアーシュラさんがどんな関係だったかは知らない。だけど、いまは生きなければならない。生きなければならないんだよ」

僕は頭の中に出てきた言葉をそのまま言う。

それ以外にどうしていいかわからなかった。僕は一度、モアに命を助けられた。今度は僕がなんとかしなければならない。そう思った。

モアの瞳《ひとみ》に涙《なみだ》が浮《う》いた。急速に感情が押し寄せてきてそれを我慢《がまん》しているようだった。

でも、すぐにモアは振《ふ》り払《はら》った。

瞳の光が明瞭《めいりよう》な輪郭《りんかく》を帯びていく。

「……そうね。ここで死んだらなにもかもおしまい」

モアは手元に〈鋼糸〉を〈再生《regeneration》〉した。

「それ〈鋼糸〉だよね。使えるの？」

「二本までならね。あたしは殺されないための準備はしてきたつもり、アオにもコード送

 っておいたから使って」

ＡＤを確認《かくにん》するとモアからコードが来ていた。普通《ふつう》なら手に入らないコード。未来人だから持ち込めたのか。

「人間が使ったら違法《いほう》だよ」

「あたしもこれを使うなら最後の手段だと思ってた。でも、いまは手段を選んでる場合じゃないでしょ？」

たしかにそうだ。

あとで叱《しか》られることを気にして、ここで終わってしまえば元も子もない。

――もう僕を叱ってくれる人はいないけど。

アーシュラさん――絶対に仇《かたき》は取る。

「よし、モアやろう。あいつを倒すんだ」

しかし、そうは言ったものの、あんな化け物どうやって倒せばいい？

化け物は僕たちを警戒する様子もなく遠くにいた。

僕たちを蟻《あり》としか思っていない。エシに知性があるとは思えないが、戦力差はそれだけある。

「……ほっといても僕以外にあれは殺せないしね。あんな姿になってしまっても、エシは人間と扱われているから。警備ドローンは殺すことができない。サイファレンスじゃあいつを止められない。庭園を破壊《はかい》尽《つ》くしたあと、街に出て命が続く限り暴れ続けると思うよ」

「絶対にここで止める。あたしは、あいつをどうにかしないと気が済まない」

サイファレンスはエシを殺せない。ここで止めるしかない。

「……完全に思いつきなんだけど」

僕はモアを見た。小さな声だったが、どこか自信のある声だった。

「聞かせて」

「聞いたらうんざりすると思うけどいい？」

「もううんざりしてるよ」

「……聞いても怒《おこ》らないでね。警備ドローンがエシを傷つけられないのは、拡散回路があるから。ならエシになっても拡散回路は生きていることになる。ってことは逆にエシも違《い》反《はん》を起こせば拡散回路が減る」

化け物が動くだけで庭園は蹂躙《じゅうりん》されている。さっきからあれだけの数のヴァンダルシアが破壊《はかい》されているんだ。拡散回路の減りもかなりの数値になるだろう。化け物の身体《からだ》が崩《くず》れてきているのもそれが原因のはずだ。あの化け物が強いのは、おそらくいくつものA

Dが繋がって神経系の演算がとんでもないことになってるからだ。

エシを失楽者にすることができれば――

「……なるほどね。消耗戦《しょうもう》ってわけだ。さっきまでの様子を見る限り、あの化け物には拡散回路があるはず。なら数値は減少するはず」

覚悟《かくご》を決めていたとは言え、僕はめまいがする。

あんな化け物相手に……めちゃくちゃだ。

「気が遠くなるね」

「でも、やるしかないじゃない」

僕とモアは見つめ合う。

お互《たが》い正気じゃない。

「そうだね」

僕たちは覚悟を決める。

「わかってると思うけど、モアはあの化け物に攻撃しないほうがいいと思う」

あんな姿になっても人間だ。ああなっている以上どういう扱《あつか》いになるのか不明だが、拡散回路を持ったモアが攻撃すれば、数値はマイナスされる。

「わかってる。未来でアーシュラから預かった大切な数値だもの」

「アーシュラさんの？」

「そう。未来でわたしはアーシュラからこの拡散回路を受け取ったの。２１８４年の庭国で暮らしていくためにね」

<humanity>
――1171572
<humanity/>

そうか。その数値はアーシュラさんの……言われてみれば数値が変わらない。庭国が滅《ほろ》びたはずなのに、モアが拡散回路を持っていたのはそういうことだったのか。

「あたしはサポートに徹《てつ》するわ。危害さえ加えなければ、数値は大きく削《けず》られない」

危害。身体・生命・物品を損《そこ》なうような危険なこと。それ以下にとどめておけば、規定された数値の減少で済ませられる。

「――いくよ」

僕は∧鋼糸∨を∧再生《regeneration》∨した。止まっていた化け物に∧鋼糸∨を突《つ》き刺《さ》そうと操作する。が、直前で化け物は消えた。

風が吹いて、僕から見て左側に咲《さ》いていたヴァンダルシアが散る。攻撃される脅威《きょうい》から逃《に》げたようだった。巨大なエシはほとんど感覚や本能だけで動いている。こっちに来なかったのは運が良かった。

台風と対峙《たいじ》しているようだった。あいつが少し動くだけで庭園が崩壊《ほうかい》していく。

「……あいつ速すぎるわね」

自然とモアと僕は背中合わせになる。

未来のＡＤを持っているモアでも、追い切れないのか。

「……続けるわ」

モアも∧鋼糸∨を∧再生《regeneration》∨して、しならせる。

だが化け物には当たらない。∧鋼糸∨が触《ふ》れる直前で消えた。

気がつけば化け物は僕の正面にいた。

「――――――」

僕は∧鋼糸∨ではなく、とっさに剣《けん》を振り下ろす。

化け物が金切り声を上げた。

――当たった。

初めて攻撃《こうげき》が当たった。

化け物は苦痛でのたうち回っているのか、獰猛《どうもう》なうなり声を上げる。化け物が移動するだけでヴァンダルシアや壁《かべ》、道、コンクリート、楽園にあるものすべてを蹂躙していく。化け物の身体が空中で剝《は》がれる。これだけ派手に壊《こわ》しているのに、まだ目で追うことができない。そんなことを考えているまもなく化け物が急接近してきた。怒らせてしまったようで僕を執拗《しつよう》に狙《ねら》う。

正面から化け物の攻撃を受けた。ぎりぎりのところで化け物と僕の間に剣を滑《すべ》り込ませて防ぐ。だが、体格差だけで吹《ふ》き飛ばされる。

追撃を受けないように僕は必死に体勢を戻《もど》す。まともに受けたら即死《そくし》だ。化け物は荒《あ》れ狂《くる》っている。目の前に巨大《きょだい》な爪《つめ》。さらに追撃。足下《あしもと》が崩れた。地面が剝がれる。ヴァンダルシアの花びらだけでなく、粉々になって白くなったコンクリートが舞《ま》い上がる。今度も受けきった。だが、威力《いりょく》を殺しきれない。台を転がり回るビリヤード球のように僕は攻撃され続ける。

「はぁ……はぁ……」

息をする。意識しなければ呼吸を忘れてしまいそうだ。突き立てた剣に体重をかけて咳《せ》き込む。身体中が痛い。血は止まったが、刺すような痛みが残滓《ざんし》としてある。脈が速くなるのがわかった。長くは戦えない。化け物は暴れ疲《つか》れたのか弄《もてあそ》んでいるのか、やっと攻撃の手を止めてくれる。

攻撃が当たったのはまぐれだ。こんな化け物相手に、あと何分——いや何秒立っていられるのだろう。僕の攻撃も対して効いていない。あと何回繰《く》り返せば倒《たお》れてくれる？　それまで僕は耐《た》えることができるのだろうか。

「アオ！　大丈夫《だいじょうぶ》？」

いつの間にか遠く離《はな》れていたモアに声をかけられる。

化け物が声に反応した。

化け物がモアを見た。瞬間《しゅんかん》に風が強く吹いた。轟音《ごうおん》がモアに迫《せま》っていった。

僕は直感する。

「モア！　危ないっ！」

避《よ》けられない。

普段《ふだん》のモアならきっと避けられただろう。

僕に気をとられていたせいで、モアの反応が一瞬遅《おく》れた。

数秒後に化け物の爪がモアを突き刺すだろう。

このままだとモアは死ぬ。

視界が点滅《てんめつ》した。

ＡＤの警告。〈先見の明〉《Computational Foresight》がモアの死を宣言する。
もはや制動をかけることもできない運命を辿《たど》る。
嫌《いや》だ。お願いだ。待ってくれ。
——君の敗因はその力量を見極《みきわ》められなかったこと。
頭の中にオーウェルの声が響《ひび》いた。
——だから、理不尽《りふじん》に殺される。強い者に弱者は屠《ほふ》られる。
黙《だま》れ。僕は理不尽に殺される人を救うために、今日まで——
——でも、その結果。君がやってきたことは、ただの人殺しだろう？
黙れ。黙れ。
お前になにがわかるんだ。

僕が愚《おろ》かだってことは、よくわかっている。
そうやって、いままで取りこぼしてきた。
だけど、これでも自分の手の届く範囲《はんい》で僕は精一杯《せいいっぱい》やってきたんだ。
そこに後悔《こうかい》はない。
後悔は、アーシュラさんを救うことができなかったこと。
僕に強さがあれば、あのときお前を殺すことができていれば——
これ以上、奪《うば》わせない。

せめて、目の前の女の子だけは——モアだけは——救ってみせる。

刹那《せつな》——世界がゆっくりに見えた。
いや、もう止まっていると言ったほうが正しかった。
——なんだこれ。
この感覚をどう形容すればいいのかわからない。
言葉にするには、持てあますばかりだ。
あえて形容するなら、合わせ鏡の中にいるようだった。

鏡の奥には自分がいて、それに反射した自分がいて、またそれに反射した自分がいる。反射してできた無限回廊《かいろう》のどこにも自分がいて、意思を共有している。重ね合わさっている。

驚《おどろ》くほど思考がクリアだった。

エシがどこへ動いたのかわかった。

——そうか。こう使うのか。感覚が加速する。不思議な感覚だった。いままでなんて効率の悪い方法で動かしていたんだろう。ＡＤの〈先見の明《Computational Foresight》〉を焼き切れるくらい走らせる。

僕には、相手が動くと同時にどこへ動くのかわかっていた。

決して、目では追えていないはずだ。

ただ、わかる。

知覚することができる。

僕は、モアと化け物を結ぶ直線上に走った。

どうして、いままでわからなかったのだろう。化け物は直線的に動いている。あれだけの巨体《きょたい》を高速移動するために効率よく身体《からだ》を動かしている。

予想通り、化け物はモアに向かって直線、最短距離《きょり》を動いた。

わかる。

――あの化け物はこう動くだろう。

巨大なエシは僕が予想する座標にいるだろう。

これまでの動作を見て、すべて読み切れた。

もうお前がどう動くかはシミュレートできている。

僕は目を閉じて、目の前を通りすぎる巨大な影《かげ》を切った。

音速３４０m/sが現実に追いついて、轟音を知覚する。

化け物の血液と大量の黒い粒子《りゅうし》が庭園に舞った。

命の危険を感じた化け物は僕に爪を向ける。

「無駄《むだ》だ」

続けて一閃《いっせん》。僕は化け物の身体を切りつけた。

化け物が金切り声を上げた。明らかに致命傷《ちめいしょう》を受けて苦しんでいた。

もう僕にはどうやれば化け物を壊せるかわかっていた。追撃を食《く》らわせたかったが、僕の身体が追いついてくれないだろう。それもわかった。思考に身体が追いつかないのにいらだちを感じる。化け物は僕を警戒《けいかい》して距離をとった。

「アオ、いまのどうやって……」

もう動きは見切った。

相手から攻撃を受けることはない。

消耗戦《しょうもう》に持ち込めば――いける。

――そう思っていた。

突然《とつぜん》、ＡＤから通知が来た。緊急《きんきゅう》時だから切っていなかった。

――これからってときに。

僕は目を疑う。

タワーオブレコードから警備ドローンが第四庭園――ここに向かっている。備えられていた警備ドローンが壊されたことが通知されての援軍《えんぐん》だろう。

「……モアまずいことになった」

「どうしたの？」

「警備ドローンが庭園に向かって来てる」

「時間は？」

「おそらく、あと四、五分」

「……嘘《うそ》でしょ」

モアをサイファレンスに見つけられるわけにはいかない。

もう、時間がない。

目の前には、正面激突《げきとつ》だと、どうあがいても勝てない化け物。

――消耗戦にすら、持ち込めないのか。

「……ここまでみたいね」

モアは力なく言った。

「モア……なに言ってんだよ」

「もういいの。あたしのことは気にしなくていい。ぜんぶあたしの自業自得《じごうじとく》。あたしが馬鹿《ばか》だったわ。……こんなんだから、未来でも過去でもアーシュラのことを……守れなかったのよ」

――未来でも？

「それって――」

僕が言葉を続ける前に――急にモアは子供みたいに泣き出してしまった。

「……もともと……無謀《むぼう》な計画だった。アオだけでも……逃《に》げて」

僕はモアと初めて会ったときのことを思い出した。

自分と同じ立場の人間だと思って助けた？　それとも未来人だと思ったから？

違《ちが》う。モアは泣いていた。それを見て、僕はモアを助けようと思ったんだ。

泣いてる女の子をそのままになんてしておけない。

だけど、どうする――？

庭園は転移不可領域だ。ポータルまでモアと走って抜《ぬ》けるには時間がない。

最悪、僕だけここに残ってモアだけ逃げればいいと思ったが、その時間もない。

仮にあの化け物を倒せたとしても、すでに僕たちは――

――いや、違う。

この状況《じょうきょう》を打開する方法がある。

「モア、あの〈鋼糸〉ってのは、何本まで出せる？」

諦《あきら》めると思っていたのか、僕がそう言うとモアは目を見開いた。

「なに言ってんの……もう無駄だってば」

「いいから！　泣いてる場合じゃない！　時間がないんだ。〈鋼糸〉は何本まで操《あやつ》れる？」

「……操るのは二、三本が限界だけど」

「なんとか、もっと出せないかな」

「……出そうと思えば何千本でも出せる。ただ、ほとんど操作がきかなくなって武器として使えなくなる」

それだけできれば十分だ。

「……なにするつもりなの？」

「あいつを倒《たお》す以外にないだろ。そして、警備ドローンが来るまでにここから逃げる」

「ほ、本気で言ってるの？」

「うん。あいつを倒して逃げる」

モアは信じられないようであたふたとしている。

「アオにあいつが止められるの？」

「それをいまから証明する」

これからやることは、すべてオーウェルに対する意趣返《いしゅがえ》しだ。

「――〈再生《regeneration》〉！」

叫《さけ》ぶ。

「〈再生《regeneration》〉――〈再生《regeneration》〉――〈再生《regeneration》〉！」

鋼糸が宙を舞《ま》う。

何本も、何十本も、何百本も。

「なにが――起こっているの……」

庭園が揺《ゆ》れる。モアは困惑《こんわく》していた。

モアは〈鋼糸〉は操れても二、三本だと言っていた。それはおそらく人間の脳がマルチタスクできるように作られていないからだ。

だけど――いまの僕なら千本でも操れる。

〈鋼糸〉の一本一本をそれぞれ操る僕が平行世界にいる。超人《ちょうじん》である必要はない。ただ凡人《ぼんじん》が集まって数を操っているだけ。

でも、数だけじゃない。

1メートル――2、3、4、5、6、7、8、9、10、11、12、13、14、15、16、17。

さらに〈鋼糸〉を伸《の》ばす。〈鋼糸〉を縒《よ》って地面に突《つ》き刺《さ》した。僕の腕力《わんりょく》ではとてもこの量の〈鋼糸〉を支えきれないが、地面を支点にすればまだまだ操れる。

鉄の柱が地面から生える。化け物の身体を囲むように何本も何本も何本も。一斉《いっせい》に〈鋼糸〉を化け物に向けた。

――避《よ》けられるモンなら避けてみろ。

「終わりだ」

〈鋼糸〉は、巨大《きょだい》な影を突き刺した。

いくら反応速度に優《すぐ》れていても、逃げる場所がなければ避けることはできない。

黒い雨が降る。化け物の輪郭《りんかく》が霧散《むさん》していった。黒い粒子が庭園中に降り注いだ。

「そっか」

モアは納得《なっとく》したようにつぶやいた。

「アオが救世主だったんだね」

◆　◆　◆

途端《とたん》に立ちくらみがした。

思考がぼやける。熱や眠気《ねむけ》で頭が回らない感覚に近い。いや、元に戻《もど》ったのだろう。さっきまでが異常だった。考えるのと同時に答えが見えていた。まるで全知全能になったように思えた。

——長くは使えないみたいだ。

ふらふらになって僕は振《ふ》り返った。

ここで倒れるわけにはいかない。倒れるな。なんのためにあの化け物を倒したのだ。

モア！　早く逃げるよ！

——そう声をかけようとしたが、僕は言葉が出なくなった。

モアがアーシュラさんの手を握《にぎ》っていた。

その答えを僕は知っていた。さっきまでの僕がこれまでの情報で導いていた。

モアはアーシュラさんに会うために２１８４年に来たと言っていた。

未来で拡散回路を譲《ゆず》り受けたとも言っていた。

未来でアーシュラさんとモアは近い関係にあったのだろう。

しかし、それは未来でアーシュラさんは生きていたということだ。

なにかが狂《くる》ってアーシュラさんは今日殺された。

あまりにも残酷《ざんこく》な現実だった。

アーシュラさんは死んでしまった。

僕はなにをやっているのだろう。

――僕のせいだ。

モアとアーシュラさんを引き合わせるべきだったんだ。

なにをしていたのだろう。なにも見えてなかった。覚悟《かくご》が足りてなかった。いつか伝えればいいだなんて、問題を先送りにしていただけだった。僕は庭国のことをどこか他人《ひと》ごとだと思っていた。所詮《しょせん》、自分とは違う時代の話だって。自分はこの戦いにたまたま巻き込まれただけで、身近な人物が死ぬなんて考えてもなかったんだ。

後悔《こうかい》してももう時間は巻き戻らない。僕は、これっぽっちを学ぶためにアーシュラさんを失わなければならなかった。

気がつくと、ぽたっと水音が聞こえた。

僕は慌《あわ》てて、モアを見た。

モアは泣いていなかった。

手に痛みが走った。液体は僕の手から垂れていた。拳《こぶし》を強く握りすぎて、爪《つめ》が手のひらに刺さって血が流れていた。

痛みで現実に引き戻される。

もう時間がない。

「……モア、行こう」

「うん。大丈夫《だいじょうぶ》」

大丈夫なわけがない。そう思いながらも僕はモアを急《せ》かさなければならなかった。

「アーシュラさんの身体《からだ》のほうは僕があとから手続きを済ませておくから。もう警備ドローンが来る。ここから逃げよう」

「……うん」

モアは立ち上がろうとするが、力が抜けたようになかなか立ち上がれなかった。

僕は手を貸そうとしたが、血だらけになった自分の手を見て引っ込める。

本来なら、もっと時間を与《あた》えてあげたかった。過去にまで探しにきたのに、やっと会えたのに、別れがあまりにも唐突《とうとつ》すぎた。

「あたしは、もう大丈夫だから」

少し涙《なみだ》ぐんだ目でモアは自分で立ち上がった。

「ここから脱出《だっしゅつ》しましょ」

「……そうだね」

目に見えてわかる強がりだった。だけどもう時間がない。心の中で僕はモアに謝る。

「……で、でもどうやって脱出するの？」

「ちょっと待ってね」

僕はＡＤから警備ドローンの位置情報を確認《かくにん》する。私掠官《しりゃくかん》は、一応、庭園の警備なのでこれくらいは確認することができる。

——ドローンは、もうすぐそばまで来ていた。

「警備ドローンは向こうから来てる。走ってる時間はないから∧転移∨するよ」

「えっ？　で、でも庭園内からはポータルを使わないと∧転移∨できないんじゃないの？」

僕もさっきまではそう思っていた。

「うん。庭園の中は〈転移〉できない。でも、転移不可領域でも〈転移〉する方法はある。オーウェルが逃げたときのことを思い出してみて。上空は〈転移〉の制限が設けられていなかった」

まさか、あいつが逃げおおせた方法で自分たちが助かるとは思わなかった。

「〈鋼糸〉で上空まで上がってここを出よう。時間がない」

「ちょっと待って！」

僕が〈鋼糸〉を出しても、モアは出そうとしない。

「こんなときになに！　もう警備ドローンが来ちゃうよ！」

「あたしにも、あれやれって言うの!?」

モアは心底びっくりしているようで僕から距離《きより》をとろうとする。

「別にモアの身体能力なら難しくないでしょ？」

「…………えっでも…………」

途端にモアはもじもじする。

ああっ！　もう！　本当に時間がないのに！

「モア！　はやく！」

「……あたし高所恐怖症《きようふしよう》なのよ！」

「……はぁ？　そんなこと言ってる場合じゃ……」

「怖《こわ》いものは怖いのよ！　タイムマシンに乗るときだってめちゃくちゃ怖かったんだから！」

……しらねえよっ！　子供か！

「走る！　あたし走るから！」

「──待って待て待て待て！」

そのまま思いっきり警備ドローンのいるほうへ走ろうとするので僕は手を摑《つか》んで止めた。

「庭国を救うために、この時代に来たんだろ！　これくらい我慢《がまん》してよ！」

「もうどうせむりよ！　テロリストに喧嘩《けんか》売っちゃったし！　アーシュラだって……あたしはアーシュラに会いたくて２１８４年に来たのよ！　庭国なんて……そんな……一人じゃもうなにもできないのよ！　もうなにもかもめちゃくちゃなのよっ！」

モアは涙声《なみだごえ》になる。急に溜《た》まっていた感情が押し寄せてきたのか、子供のように涙をこらえようと洟《はな》をすする。自暴自棄《じぼうじき》になっていた。

ああもう。めんどくさい！

「僕が協力する！　絶対に庭国を救ってみせる！　モアのことも守ってみせる！　だから目つぶってて！　僕がモアを背負って転移領域まで行く！　合図するから〈転移〉だけ自分でして！」

「それでも結局、高いところに行くんじゃない！　それにもし∧転移∨できなかったら……」

「じゃあ、僕とADを∧同期∨させて！　モアは目をつぶってるだけでいいからっ！」

なんでこんな大変なときに、こんな会話をしなければならないのだろう。

「わ、わかった」

そこまで言うとやっとモアは納得してくれた。僕はモアとADを∧同期∨した。

遠くで複数の車輪が回る音がする。

警備ドローンが、もうほんの少し先まで来た。

「つかまって！」

「空中で落としたりしない？」

「落とさないから！」

「本当に？　絶対離《はな》さない？」

「離さない。絶対に！」

観念したのか。ううっ、と小さくうめき声をあげて僕に身体を預けた。

僕は半ば逆ギレで、片手で抱《だ》きかかえるようにモアを持ち上げた。∧鋼糸∨を伸《の》ばす。

「落としたら殺すから！」

「落ちたら、そもそも死ぬよ！」

上空に僕とモアは上がっていく。

目を閉じたまま、モアが耳元でささやいた。

「さっき、あたしのこと守ってくれるって言ったけど――ほんと？」

「…………………」

ああ、なんか勢いで、とんでもないことを言ってしまった気がする。

……と言うか、これはちょっとずるいだろ。

「本当だよ」

＜転移＞が起動した。

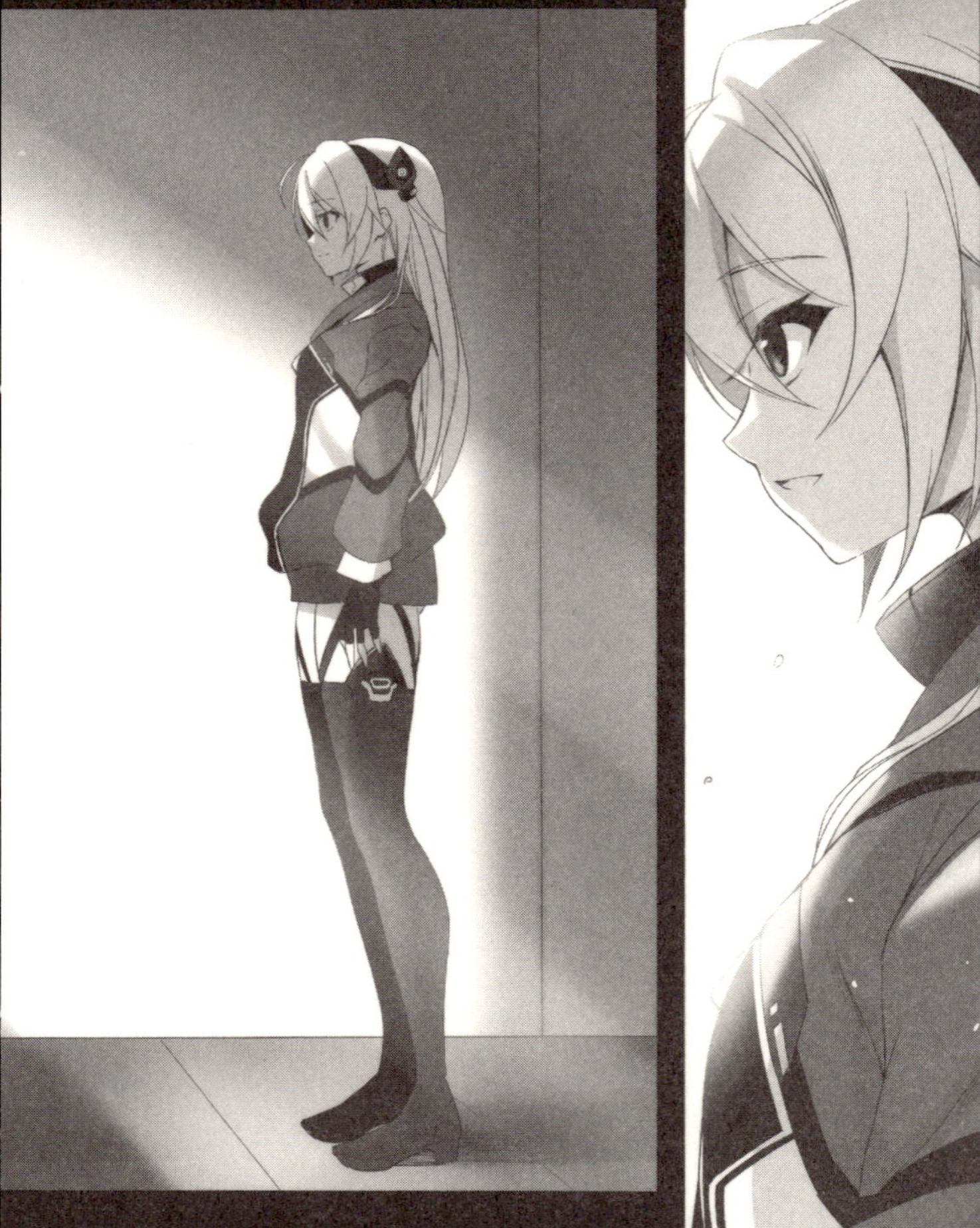